TAKE
SHOBO

カタブツ騎士団長と恋する令嬢

七福さゆり

Illustration
SHABON

JN202268

MitsuNeko

カタブツ騎士団長と恋する令嬢

contents

イラスト／SHABON

カタブツ騎士団長と恋する令嬢

プロローグ　あなた以外、考えられない。考えたくない。

とある深夜、ローズはふと目が覚めた。

うう、夢だったのね……。

すぐに寝たら、今の夢がもう一回見られるかもしれない。

またすぐに瞼《まぶた》を閉じてもう一度夢の世界へ行こうとしたが、なかなか寝付くことができない。

「もう……」

せっかく素敵な夢を見ていたのに、どうして目が覚めてしまったのかしら……。

しばらく粘っていたが、寝ようと思うほどに眠れなくなってしまったローズは、乱れたストロベリーブロンドを手で直し、ベッドから起き上がる。

お水を飲んでから窓へ向かい、少しだけカーテンを開く。夜空には大きな満月が浮かんでいて、ローズは深い森のような瞳を細める。

ああ……本当に素晴らしい夢だった。

大好きな人から告白されて、抱きしめられて、それからキス……というところで、目が覚めてしまったのだ。

神様は意地悪だわ。夢なんだから、もう少しだけ見せてくれたっていいと思うの。

本当にそうなることを願っているけれど、そうなる見込みが全く見えないのだから、夢でくらい幸せになりたかった。

人を好きになるって、心がとても忙しい。

「アルフレッド様……」

何気なく彼の名前を呼ぶだけで胸がキュンと切なくなり、ナイトドレスの上からそっと押さえる。

アルフレッドに会えた日はとても嬉《うれ》しくて、会えるとわかっている時は前日からソワソワして、部屋の中を行ったり来たりするほど楽しみだ。

でも、彼が夜会や舞踏会等で綺麗《きれい》な女性に話しかけられているのを見たり、女性として好きだと何度告白しても軽くあしらわれてしまうと、胸が千切れそうなほど苦しくなる。

アルフレッドを好きになって、もう十一年——恋は楽しいだけとは言えない。でも、『好きにならなければよかった』と思ったことは、一度もなかった。

でも、この恋は、明日にも諦めなければいけないかもしれない。

ローズは十六歳、アルフレッドは二十六歳……いつ結婚が決まってもおかしくない年齢で、彼に至っては適齢期を超えている。

どうか明日も、アルフレッド様に恋をしても許されますように……。

自然と手を組んで、満月を見ながら祈った。

もう一度寝る努力をしてみよう。

また、アルフレッド様の夢が、見られたらいいのだけれど。

しかしローズの願いは、一つも叶《かな》わなかった。

アルフレッドの夢を見ることもできなかったし、翌日、最悪なニュースが耳に飛び込んでくることを、ローズはまだ知らない。

第一章　突然の事故

ルヴィエ伯爵家の長女であるローズは、優しい両親と十歳上の兄のジャンと共に、笑顔に満《み》ち溢《あふ》れた幸せな暮らしを送っていた。

しかし彼女が五歳の時に母が不幸な事故で亡くなり、ルヴィエ伯爵家は幸せを絶望と悲しみの色で塗り替えられた。

あまりの悲しみで、ローズは涙を流すことができなかった。

ローズは『お前は本当に泣き虫だね』とジャンに、よくからかわれていた。虫が目の前を飛んでいっただけで泣いてしまうぐらいだった。

でも母が亡くなった悲しみはあまりにも大きすぎて、幼いローズが受け止められる量を越えてしまった。

ただただ頭の中が真っ白で、父とジャンが涙を流すのを呆然《ぼうぜん》と眺めていた。

母を深く愛していた父は心の病にかかり、息子に家督を譲って自分も後を追うと遺書を認《したた》めていたところをジャンに発見され、二十四時間使用人に監視される生活になった。

父がこんな状態では執務を行えないと、ジャンが代行した。執務のことについては前々から教えられていたとはいえ、実際に行うのはまだ十五歳の彼にとってはとても大変なことだ。

ジャンは忙しい日々を送ることで、母を失った悲しみを紛らわしていたようだった。

屋敷の中から、日に日に母の気配が失われていく。

事故の前日まで、母に甘えていたのに。

幸せな日々は、当たり前のように、続くと思っていたのに。

一日にして今までの暮らしが崩れ落ちた。あの幸せな日々は、もう二度と戻ってこない。

ようやく涙が出るようになったのは、父が執務に復帰できるようになり、ジャンが心労から体調を崩して、高熱で寝込んでいる時だった。

悲しんでいるところを見られたら、少しずつ元気を取り戻した父が、また後を追おうとするかもしれない。ジャンだってそうだ。これ以上心配をかけては、体調が悪化してしまうかもしれない。でも涙は止められそうにない。

誰にも見つからずに、泣くには……。

自室には使用人が何度も部屋に入ってくる。母を亡くしたということで、心配していつも以上に入ってくるので、まず無理だ。幼い彼女は一人で外出することもできないし、庭に出ることですら、何かあっては大変だと使用人が付いてくる。

ローズが考え付いたのは、クローゼットの中に入って泣くことだった。

母が選んでくれたドレスがたくさんしまわれているクローゼットの中で膝を抱えて小さくなり、瞳から大粒の涙を流した。

「ローズお嬢様、そろそろお茶の時間で……あら？　いらっしゃらないわ。どこへ行ってしまったのかしら……」

大成功だった。

使用人はクローゼットの中にいることに気付かず、別の場所を捜しに行く。

しかし泣いていたことだけは、目が腫れてしまうので誤魔化《ごまか》しようがなかった。まだ幼いため、泣いた後に瞼を冷やすという知恵もない。

でも、寝込んでいるジャンも、執務に精一杯な父も、ローズの顔を見ている余裕などないし気が付いていない。

ローズの顔を見ている使用人にはしっかりとばれていたが、幼いローズが気を遣っているほど痛々しい状況なのだから、当然使用人たちも当然そう考えていて、誰も父とジャンの耳に入れることはできず、見て見ぬふりをしていた。

誰にも何も言われなかったので、ローズは誰にも気付かれていないと思い、安堵《あんど》していた。

胸が苦しい……。

この悲しみは、この胸の痛みや苦しみは、いつまで続くのだろう。誰か知っていたら、教えてほしい。

辛くて、辛くて、どんなに泣いても、辛さは和らぐどころか、増すばかりだ。

いつものようにクローゼットの中で泣いていると、低くて優しい声が聞こえてきた。

「ローズ、入るぞ」

アルフレッドお兄様の声……。

アルフレッドは代々騎士団長を多く輩出したオーバン公爵家の嫡男で、今年騎士学校を卒業して王立騎士団に配属となった。

オーバン公爵家とルヴィエ伯爵家は古くから親交があり、彼はジャンの親友でもある。お互いの屋敷を行き来する機会も多く、ローズにも優しく接してくれていた。

ローズはアルフレッドのことが家族同様に大好きで、彼を『アルフレッドお兄様』と呼んで懐《なつ》いている。

アルフレッドお兄様に見つかったら、ジャンお兄様にも泣いていることが知られちゃう。

「ローズ？」

でも、大丈夫。見つかるわけがないわ。だって今まで、誰も気付かなかったもの。

声が漏れてしまわないように両手で口を押さえてジッとアルフレッドが出て行くのを待って・いたら、クローゼットの扉が開いた。

短く整えられた黒髪に、アメジストのような瞳の青年――彼がアルフレッドだ。

成長期の身体にはしっかりと筋肉が付いていて、ジャケットをしっかり着ていても逞《たくま》しさがわかる。

「こんな所で泣いていたのか」

「嫌……お願い。お父様とジャンお兄様には言わないで……っ」

ボロボロ涙を零《こぼ》しながら必死に懇願すると、アルフレッドがローズを抱き上げ、優しく背中をさすってくれた。

アルフレッドの背はとても高くて、抱き上げられると、いつもは遠い天井がうんと近くなる。

「大丈夫だ。言わない」

「本当？」

「ああ、でも、どうして知られたくないんだ？」

「お父様が死んじゃう……ジャンお兄様も、もっと具合悪く……」

先にジャンの見舞いを済ませてきたアルフレッドは、父とジャンがどんな状態なのか知っていたようだ。ローズの嗚咽《おえつ》混じりの拙《つたな》い説明でもすぐに理解できたようで「そうか」と小さく呟《つぶや》き、彼女の小さな背中を優しく撫《な》で続ける。

鍛え抜かれたアルフレッドの筋肉質で逞《たくま》しい身体は、母に抱きしめられるのはもちろんのこと、父やジャンに抱きしめられるのとは全然違う。

硬くて、でも、とても安心する。

「ずっと一人で泣いていたのか？」

「ずっとじゃなくて、少し前から……」

「少し前？」

「涙、ずっと出なかったの……でも、ちょっと前から出るようになって……」

「……やっぱり、泣かないいんじゃなくて、泣けなかったのか」

自分の嗚咽に邪魔され、よく聞こえなかった。

「泣きたい時は、我慢しなくていい。お前はまだ子供なんだ。誰かに気を遣う必要なんてないんだぞ」

ローズが首を左右に振るのを見て、アルフレッドは小さな彼女の身体を抱いている腕に、力を込めた。

「では、泣きたい時は、俺の前で泣けばいい」

「アルフレッドお兄様の前で？」

「ああ、そうだ」

「でも、ジャンお兄様に……」

「言わない。ジャンだけでなく、誰にも言わないから大丈夫だ」

「本当？」

「約束する。だからもう、クローゼットの中で泣かなくていい」

それからアルフレッドは毎日訪ねて来てくれて、ローズを泣かせてくれた。

悲しみは、いつまでも心の中にある。いつまでも胸が痛い。けれど、アルフレッドの優しさと時間という薬が、涙を止めてくれた。

母のことを思い出しても泣かなくなり、穏やかな笑みを浮かべられるようになった。

そして、アルフレッドへの愛情は、ずっと家族と同じものだと思っていたが、違っていたことに気付く。

私はアルフレッドお兄様が、男の人として好き……。

六歳になったローズは、屋敷を尋ねてきたアルフレッドに心の内を話した。

「あのね。今日からアルフレッドお兄様のこと、お兄様って呼ぶのやめる。アルフレッド様って呼ぶことにしたの。いーい？」

「もちろん構わないが、急にどうしたんだ？」

「だって、お兄様とは結婚できないでしょ？　私、アルフレッドお兄様……ううん、アルフレッド様のお嫁さんになりたいの」

「な……」

アルフレッドが、切れ長の瞳をキョトンとさせる。ジャンは微笑《ほほえ》ましいと言った様子で笑い、彼の背中をポンと叩《たた》く。

「そいつはいい。お前が俺の義弟になるのか。楽しそうだ」

「馬鹿言え」

「あ、そっか。お前の方が誕生日早かったもんな。義兄か。よっ！　お・義・兄様」

「そうか。ジャン、お前はそんなに俺の鍛錬に付き合いたいのか。明日は朝四時に起きろ。絶対迎えに来るからな」

「嫌だ！　絶対行かない」

二人の会話を聞いているからに、アルフレッドが迷惑なのだと察したローズは大きな瞳を潤ませた。

「アルフレッド様、私のこと……嫌？　嫌い？　お嫁さんにしてくれないの？」

「あーあ、泣かせた」

ニヤニヤ笑うジャンをじとりと睨《にら》んだアルフレッドは、すぐに屈《かが》んでローズと目線を合わせる。

「まだ泣いてないだろう。茶化《ちゃか》すな。ローズ、嫌いなんかじゃない。俺はお前が大好きだ」

「じゃあ、お嫁さんにしてくれる？」

「ローズがもっと大きくなれば、俺なんかよりも、もっと素晴らしい男がお前の前に現れるはずだ」

「そんな人、いらない……っ！　アルフレッド様がいい……」

「ありがとう。でもお前は、俺にとって本当の妹みたいな存在なんだ。わかってくれ」

「妹なんて嫌！」

「すまないな」

「おいおい、ローズはまだ子供なんだから、結婚の約束ぐらいしてやればいいだろ？」

「そんな無責任なことができるか」

どんなにせがんでも、泣いても、アルフレッドは結婚するという約束だけは絶対にしてくれなかった。

「アルフレッド様、私と結婚してくれる気に……まだなれない？」

「お前はいつまでも俺の妹のような存在だ」

「血なんて繋《つな》がってないのに……」

「繋がっていなくてもだ」

十六歳になった今もローズの気持ちは変わらない。会うたびに告白しているけれど、アルフレッドから良い返事を貰《もら》えることはなかった。

いつになったら、アルフレッド様は私を妹じゃなくて、女性として見てくれるようになるのかしら……。

今年アルフレッドは、騎士団長に就任した。見目麗しい彼は元々女性からの注目の的だったが、王立騎士団の頂点となったことで、ますます人目を引いていた。

いつか女性たちの誰かがアルフレッドの心を射止めてしまうのではないかと、ローズは気が気でない。

ローズは差し入れを持って行くという名目で、城の中にある王立騎士団の訓練場をたびたび訪れていた。

「ティボー！　剣筋がぶれてきたぞ。一振り、一振り、集中して振れ！」

「はい！」

訓練場では、騎士たちが剣の素振りを行っていた。今日は暑い。訓練場は外にあり、甲冑《かっちゅう》を着て剣を振るのは、大変そうだ。

アルフレッドはそんな騎士たちの前に立ち、一人一人を注意深く観察し、より上達するように指導している。

ローズは邪魔にならないよう物陰に隠れ、指導するアルフレッドの姿をこっそりと眺めていた。

「素振り、百回追加！」

騎士たちは「はい！」と返事をしたが、明らかに覇気《はき》が失われている者もいた。小さく不満を漏らす声も聞こえる。それもそのはず、既に二百回以上素振りをしている。追加になれば三百回だ。

「たかが三百回の素振りで不満を言うな！　戦場では剣を振る回数に制限などないぞ！　家族や恋人を守り、生きて帰りたければ真剣にやれ！」

アルフレッドの怒声に背中を叩かれた騎士たちは、先ほど以上に大きな声で返事をし、背筋をシャンと伸ばして素振りを続ける。

アルフレッド様、素敵……。

ローズは優しいアルフレッドの姿しか知らなかったものだから、ここに初めて来た時、厳しい彼を見て、とても驚いた。

国を守る王立騎士団をまとめている団長なのだから、厳しくて当たり前だ。でも、いつもあまりにも優しいから別人みたいに見える。

怖い。でも、格好良い。声を荒げるアルフレッドを見ていると、すごくドキドキしてしまう。

彼に会いたいのもあるが、自分には見せてくれない彼の姿が見たいということもあり、ローズは何度も足を運んでいる。

「よし、十分休憩」

このままずっと眺めていたい。でも、恋人や婚約者ならまだしも、友人の妹がずっと訓練を見学しているのはおかしく思われそうだ。というよりも、頻繁に訪ねてくることに対しても変に思われそうだが……そこは大目に見てほしい。

ここにずっと居たい気持ちを抑えて、休憩するアルフレッドの元へ行こうとしたら、ローズが向かうよりも先に、彼がこちらへ向かってくるのが見えた。

ローズは柱の後ろに隠れていて、斜め横には王城内部に繋がる扉があった。きっとこちらに用があるのだろう。

忙しいアルフレッドの手を煩《わずら》わせるわけにいかない。サッと渡して帰ろう。

「ローズ」

まだ柱の後ろに隠れたままなのに、名前を呼ばれた。ローズが柱の前に出ようとするよりも先に、アルフレッドがこちらへやってきた。

「アルフレッド様、どうしてわかったの？」

「やっぱり来ていたのか。騎士たちが素振りをしながら、チラチラこちらを見て鼻を伸ばしていたから、また来ているのではないかと思ったが、柱から食《は》み出《で》ていたドレスを見て確信した」

「えっ！　やだ、ちゃんと隠れたつもりだったのに……」

思わずドレスの裾を押さえると、アルフレッドが口元を綻ばせる。

「今日はどうしたんだ？　また差し入れを持ってきてくれたのか？」

「ええ、今日は紅茶のクッキーなの。もしよかったら、食べて」

「ありがとう。後で書類仕事をする時に頂く。いつもすまないな。でも、もう、大丈夫だ」

「えっ……迷惑だった？」

「いや、迷惑などではない。ただ、こんなところへ来てもつまらないだろう？　俺もいつもと違うし、お前を怖がらせたくない」

「つまらなくなんてないわ。それにアルフレッド様は確かにいつもと違うし、怖いけど、それが恰好良《かっこうよ》いって思うの」

言い終わった後に恥ずかしくなり、ローズは真っ赤な顔で俯《うつむ》いた。アルフレッドは彼女の頭を撫でようとしたが、籠手《こて》を着けていることを思い出し、その手を引っ込める。

「そうか。……でも、もうここに来ては駄目だ」

「ど、どうして？」

「どうしてもだ」

何度聞いても、アルフレッドは理由を教えてくれなかった。

やっぱり、迷惑だったのかしら……。

ああ、きっとそうだ。アルフレッドは優しいから、はっきりと言えないだけなのだ。

しょんぼりして帰ったその日の夕食の時間――ローズは家族が揃《そろ》ったテーブルで、ジャンから辛い知らせを聞かされた。

「嘘《うそ》……」

手から力が抜けて、フォークとナイフが皿の上に落ちた。その衝撃で鹿肉のステーキにかかっていたソースが跳ねて、胸元を汚す。

いつかは訪れるとわかっていたことだけど、いざその時がきてしまうと頭が真っ白になってしまう。

そう。だから今日、もう会いに行っては駄目だと言ったのね。

妻を持つというのに、友人の妹、しかも自分に好意を持っている女性を職場に近付けるわけにはいかないと思うのは当然だろう。

「ほう、アルフレッドくんも、とうとう結婚か。お相手は？」

「バール伯爵家のご息女、エルザ嬢だよ」

「ああ、バール伯爵家の……彼女は美しいと名高いからな。アルフレッドくんのお相手にピッタリだ」

エルザ様……。

社交界でとても美しいと噂《うわさ》になっていたから、ローズも彼女を知っていた。太陽のように眩《まばゆ》いブロンドに、青い瞳がとても美しくて、まるで女神のようだと言われている女性だ。

年齢はローズより二歳年上の十八歳……自分は歳の差があるから相手にされていなかったと思っていたけれど、そうではなかったらしい。

ローズは遠目にエルザを見たことはあっても、話したことはない。

どんな女性なのかしら……。

アルフレッドの心を射止めた女性だ。見目麗しい以上に、とても素晴らしい人格の持ち主なのだろう。

「アルフレッドくんにはうちのローズを貰ってほしかったんだがな。まあ、彼が選んだ女性だ。きっと幸せな家庭を築くことだろう」

「俺もローズと結婚してくれたらと思ってたんだけど、アルフレッドに全然その気がないものだからさぁ……まあ、元気出せよ！　ローズにもお父様が良い男との縁談を決めてくれるさ。

今だって断るのが大変なぐらいに来てるんだから」

「わ、私、もうお腹がいっぱい……ごめんなさい。先に部屋へ戻るわね……」

父は真っ青な顔で部屋に戻るローズを視線で見送り、ジャンの顔を見てため息を吐く。

「お前、よく女心がわからないと言われないか？」

「え、どうしてわかるんだ」

キョトンと目を丸くするジャンを見て、父はまた大きなため息を吐《つ》いた。

◆◇◆

アルフレッド様が、結婚……。

ローズはフラフラと、おぼつかない足取りで自室へ向かう。なんとか自室まで辿《たど》り着《つ》けたが、ドアを閉めた瞬間膝から崩れ落ちて、涙をボロボロ零した。

ああ、ついにこの時が来てしまった。

「ううっ……ひっく……ぅうう……っ」

アルフレッド様が結婚するのも、他の男性と結婚するのも嫌――……！

辛い現実に打ちのめされたローズは、その場にうずくまり、大粒の涙を流した。

アルフレッドの婚約を知らされてから、一週間——ローズは彼の屋敷を訪れていた。

本当ならこんな顔で来たくなかったのだけれど、前々からの約束なので仕方がない。ちなみにアルフレッドとの約束ではなくて、彼の二十歳年下の妹アリーヌとだ。今日はサロンで一緒にお茶をすることになっている。

一人になると毎日泣いてばかりのローズの目は腫れ上がり、半分ほどしか開かなくなっていた。

一応冷やしてはいたのだけど、それが追いつかないぐらい泣いていた。何もしなかったら、きっと今よりもっと目が開かなくなっていただろう。

父には誰とも結婚したくないから、修道院に入らせてほしいと頼んだが、今は失恋したばかりでそう思うかもしれないけれど、それは一時的であって、また別の人と愛を育《はぐく》みたいとおもうはずだから……と、許可してもらえなかった。

「ローズお姉様、お会いしたかった！」

馬車から下りると同時に、アリーヌが玄関扉を開けて飛び出してきた。

彼女は両手でドレスの裾を抓《つま》みあげて走り、ローズに抱き付く。彼女はローズを本当の姉のように慕っていて、ローズもアリーヌが大好きだった。

「アリーヌ、お招きありがとう。私も会いたかったわ」

アルフレッドと同じ色の長い黒髪を優しく撫でてやると、アリーヌは海のような青い瞳を気持ちよさそうに細める。

「本当？」と顔をあげたアリーヌは、ローズの顔を見てギョッとした。

「きゃあっ⁉　ローズお姉様、お顔……どうしたの？　目がっ！　目が大変なことになっているわ！」

出かける直前まで冷やしていたのだけれど、アリーヌの驚きようを見る限り、あまり意味がなかったようだ。

「な、なんでもないのよ。それよりもお土産をどうぞ。ケーキを焼いてきたの」

「チョコレートの⁉」

「ええ、そうよ。アリーヌが喜んでくれるんじゃないかって思って」

「嬉しいっ！　私、ローズお姉様のチョコレートケーキ大好きっ！」

喜んでもらえてよかった。

アリーヌと手を繋ぎ、一緒にサロンへ向かう。この時間、アルフレッドは騎士団の務めがあるはずだけど、もしかしたら……ということもあるし、ソワソワしてしまう。

こんな顔、見られたくない。

祝福の言葉を送りたくない。

でも、会いたい。顔が見たい。話がしたい――。

複雑な気持ちで、胸がいっぱいだ。

サロンに到着するまでに、アルフレッドの姿は見えなかった。

「アリーヌ、今日アルフレッド様は、お仕事なの？」

気になって仕方がないローズは、カップに口を付ける前に尋ねる。

「そうよ。お帰りは遅くなるみたい。ローズお姉様がお帰りの頃には、まだ帰ってこないと思うわ」

「まあ、お仕事大変そうなの？」

「ううん、お仕事が終わったら、バール伯爵のお屋敷に行くんですって」

「……そう、なの」

エルザ様に、お会いするのね……。

「ええ、最近は毎日なの」

「ま、毎日……」

また涙が出そうになり、紅茶を飲むことで紛らわせた。

アリーヌの前で泣いては駄目……！

「私、エルザ様は嫌だわ」

「え、どうして？」

「綺麗だけど、でも、違うの」

「どういうこと？」

「上手《うま》く言えないけど、綺麗なのは顔だけ。優しく接してはくれるけれど、嘘みたい。本当は絶対に嫌な人。私、あの人嫌いだわ」

　アリーヌはとても感受性が強い女の子だった。

　ローズのアルフレッドへ抱く気持ちも、アリーヌには知られていた。もちろん何も伝えていないし、彼女の前では特別な好意を隠してアルフレッドに接していたのにも関わらずだ。

　他にも使用人の面接に来た人当たりの良い男性の書類上の素性《すじよう》が、全くの嘘であることを暴いたり、少し話しただけの素晴らしい経歴の人物に、公《おおやけ》にしていない犯罪歴があることを明らかにしたこともあった。

　そんなアリーヌの言うことだ。彼女を知る人物は皆、彼女の意見をただの子供の戯言《たわごと》とは取らない。

　エルザ様は、素晴らしい人格の持ち主ではないの？

「アルフレッド様に、そのことはお話ししたの？」

「したわ。でも、別に構わないんですって」

きっと心底エルザを好きだからこそ、そのような結論に達したのだろう。

「そう……」

また涙が出そうになるのを紅茶を飲むことで紛らわしているローズを見て、アリーヌが意味深にため息を吐く。

「……お兄様は、お馬鹿さんよね」

「え？」

「ううん、なんでもない。私、お兄様の結婚相手は、ローズお姉様がよかったわ」

ローズの気持ちを知っているから、そう言ってくれているのだろう。小さな女の子に気を遣わせるなんて申し訳のないことをしてしまった。

「ありがとう。アリーヌは優しいのね」

「ううん、そういう意味じゃなくて……」

遠くで雷が鳴る音が聞こえてくる。いつの間にか空が暗くなっていて、雨が降り出していることに気付いた。

「ビックリした。ローズお姉様、今の雷よね？」

「そ、そうみたいね。さっきまで晴れてたのに……嫌だわ。帰りまでには、晴れるといいけれど……」

「ローズお姉様、雷が嫌いなの？」

「ええ……きゃっ」

また遠くで雷が鳴る音が聞こえて、ローズはビクリと身体を引《ひ》き攣《つ》らせる。

「遠くだから、大丈夫よ」

雷は嫌いだ。悲しいことを思い出してしまう。

「悲しいお顔をしてるわ。昔、雷のことで、何か嫌なことがあったの？」

本当に、不思議な子だ。

「ええ、元々苦手だったのだけど、お母様が亡くなった時に雷が鳴っていたものだから、余計ね……」

「そうだったのね。元気を出して」

「アリーヌ、ありがとう。大人が子供に慰められては情けないわね。恥ずかしいわ」

「そんなこと思わないで。苦手なものや悲しいものに、大人も子供も関係ないわ。それにローズお姉様は、そういうところが素敵なのよ」

「アリーヌ……」

アリーヌはまだこんなに幼いのに、包容力にも満ち溢れている。将来は素晴らしい女性になるだろう。彼女の成長がとても楽しみだと密《ひそ》かに思った。

「雨、いっぱい降ればいいのに……」

「え、どうして？」

「そうすれば馬車が走れなくなって、うちに泊まっていってくれるでしょう？　そうしたら、ローズお姉様と一晩中一緒に居られるわ」

「ふふ、アリーヌったら」

「それに、お兄様だって帰ってくるわ」

「……っ」

心臓が、ドキンと跳ね上がる。

アリーヌとは一緒に居たいし、アルフレッドの顔も見たい。でも、彼がエルザの屋敷から帰ってくるのが遅いほどに色々想像し、辛くなってしまいそうだから帰りたい。

雨がやみますように……。

しかしローズは届かずに、雨脚は強くなる一方で、雷もどんどん近付いてきているようだった。

「お泊りできたら、ゲストルームじゃなくて、私のお部屋に泊まってね。夜更かしして、たくさんお話ししましょう」

「ふふ、そうね」

「それにしても、本当にすごい雨……」

アリーヌが窓に近寄った瞬間、強烈な光と地響きするほどの大きな雷鳴が響いた。

「きゃあっ⁉」

庭に生えた大きな木に、雷が落ちたようだった。根元から折れて、アリーヌが立っている場所を目がけて倒れてくるのが見えた。

「アリーヌ、危ない！」

一瞬だったはずなのに、不思議とゆっくりに感じる。

間に合って……！

ローズは椅子が倒れるほどの勢いで立ち上がり、アリーヌの傍に駆け寄った。

小さな身体をギュッと抱きしめて窓ガラスの方に背を向ける。少しでも離れた場所に……と思い小さな身体を抱き上げて走ろうとしたけれど、わずかに距離を稼ぐので精一杯だった。

倒れた木は壁一面の窓ガラスを突き破り、直撃だけは免れたが、ローズの背中に、自身の二の腕ほどある太さの枝が突き刺さった。

「——……っ！」

痛みのあまりに、声が出ない。

「ローズお姉様！　お姉様……っ……しっかりして！　お姉様ぁ……っ！」

近くにいるはずのアリーヌの声が、やけに遠くから聞こえる。傷付いた背中が焼けるように熱いのに、その他の場所が氷水に浸《つ》かったみたいに冷たい。

痛みのあまり真っ赤に染まった目の前が、どんどん真っ暗になっていく。ローズはそのまま意識を失い、アリーヌの泣き声がいつまでも響き渡った。

二章　まだ夢の中なの？

ローズの傷は深く、それ以上に出血が酷《ひど》かった。

傷を受けたことで高熱が出て生死の境を彷徨い、一週間後にようやく熱が下がったところで意識を取り戻す。

目を覚ましたローズは傍に付いていてくれたジャンに、開口一番アリーヌの無事を確認し、朦朧《もうろう》としながらも、少量の流動食を口にする。しかし間もなく、傷口から菌が入って再び高熱を出し、昏睡《こんすい》状態に陥った。

もう駄目かもしれない。

家族は医師から覚悟するように言われていたが、なんとか持《も》ち堪《こた》え、怪我《けが》を負ってから一か月半……ローズはようやく目を覚ました。

父やジャンは泣きながら、ローズが意識を取り戻したことを喜んだ。

食事も取り、久しぶりに入浴も済ませることができたローズは、医師にまだ大事を取った方がいいと言われたので、入浴後は再びナイトドレスに着替え、まだ昼過ぎだったが、ベッドで安静に過ごすことにする。

ジャンはベッドの隣にイスを置き、上半身だけ起こしてベッドにもたれかかるローズを心配そうに見つめていた。

「ローズ、具合はどうだ？　具合悪くなってないか？　熱は？」

「大丈夫よ。サッパリして、気持ちいいわ」

「そうか。よかった……本当によかった……」

「ジャンお兄様、心配かけてごめんなさい。一か月半も眠っていたなんて信じられないわ。体感時間は一日ぐらいなの」

ローズは高熱を出すとたいてい悪夢を見るのだけれど、今回はアルフレッドと結婚して幸せに暮らすという最高な夢を見ていたため、全く辛くなかった。

「こっちは一か月半なのに、心配のあまり一年ぐらいの体感時間だったよ。お父様の髪、見ただろ？」

「ええ……」

父の髪は最後にローズが記憶していたよりも、うんと白髪が増えていた。ブルネットだから余計に目立つ。

「俺も心配なあまり、白髪が生えるかと思ったぞ」

「ジャンお兄様……うっ……」

ジャンに手を伸ばそうとしたら、傷口が引き攣って動きを止めた。

「大丈夫か⁉　痛いのか⁉」

「大丈夫よ。背中が少し引き攣っただけ」

「そうか。よかった。……あのさ、辛いかもしれないけど、落ち着いて聞けよ」

「ええ、なぁに？」

「あのな、お前の背中の傷……かなり目立つ痕が一生残るそうだ」

「そう」

かなり痛かったから、綺麗に治ることはないだろうと自分でも思っていたから、そこまで驚かなかった。

「お前の気持ちはわかる。女性の身体に傷が残るなんて辛いことだよな。でも、普段は服を着ているからわかんないしさっ！　顔じゃなくてよかったよ……って、ごめん。慰めになってんのかな？　俺、こういうのは鈍いらしいから……」

「ふふ、そうよね。ジャンお兄様はニブニブよね」

「うるさいな……」

「でも、大丈夫よ。気にしてないから」

「そんなわけないだろ。無理してるなら……」

「ううん、本当に無理してないわ」

「だってお前、頬《ほお》を間違えて爪で引っ掻いた時ですら『あぁ～ん！　痕になったらどぉしよぉん！』ってすごい気にしてただろ」

ジャンは身体をくねくね動かしながら、目元を両手で押さえて泣き真似《なまね》をする。

「それ、私の真似《まね》っ⁉　そんな気持ち悪い言い方してないでしょうっ！　ちょっ……何その動きっ！　そんな泣き方してないものっ！　もぉ……っ！　ジャンお兄様の馬鹿っ！」

「そっくりだろ？」

「そっくりじゃないわっ！」

「で、どうなんだよ。本当は無理してんだろ？」

「いいえ、心配かけないように言ってるんじゃなくて、本当よ。自分の過失で傷付いたのなら、悲しむけれど、これはアリーヌのことを助けることができた勲章みたいなものだもの。傷一つない綺麗な身体でいても、アリーヌが怪我をしたなら少しも嬉しくないわ」

それに傷があれば、自分を妻に迎えようと思う人がいなくなるかもしれない。そうすればローズは結婚せずに、結ばれなくともアルフレッドだけを想《おも》って暮らしていくことができるかもしれない。

「……そっか。さすが俺の自慢の妹だ」

ジャンは満面の笑みを浮かべ、ローズの髪をくしゃくしゃくしゃに撫でた。

「きゃあっ！　髪がくしゃくしゃになっちゃったわ。せっかく綺麗にしてもらったのにっ！」

「ははは、大した変わりないって」

「もう……っ！　ドレッサーの上にあるブラシを取って。梳《と》かし直すから」

「どうせ寝るんだし、そのままでいいだろ？」

「このまま寝たら変な癖が付いちゃうもの」

「はいはい」と言いながら腰を上げたジャンは、ドレッサーに置いてあった金色のブラシを手に取り、ローズの元へ戻る。

「俺が梳かしてやるよ」

「嫌よ。ジャンお兄様がやってもらうと、もっとグシャグシャにされるんですもの」

「ははは、俺は不器用だからな。ほら」

ジャンからブラシを受け取ったローズは、乱された髪を丁寧に梳かす。ジャンは笑みを浮かべ、ローズを見守っている。

「ニコニコしてどうしたの？」

「いやぁ、なんていうかさぁ。今、俺、お前が最高に喜ぶ情報を持ってるんだ」

「なぁに？」

「今すぐ言って反応が見たいところだけど、俺からは言わない。こういうことは本人から聞かされた方が一番いいって鈍い俺でもわかるからな」

「本人？」

一体、なんのこと……？

首を傾《かし》げていると、慌ただしい足音が近付いてきて、扉をノックする音が聞こえた。返事をする前に、扉が開く。

「ローズが目を覚ましたって、本当か!?」

「アルフレッド様！　きゃあっ！　見ないでっ！」

コルセットも付けていないナイトドレス姿を見られるのは恥ずかしい。慌ててブランケットを捲《めく》り上げて潜り込み、目だけ出す。

「なんだよ。別にどこもおかしくないだろ」

「もうっ！　ジャンお兄様は、本当ニブニブッ……！」

「うるさいなぁ」

いつものように兄妹喧嘩《げんか》をする二人を見て、アルフレッドがホッと胸を撫《な》で下《お》ろす。

「本当に目を覚ましたんだな……ローズ、よかった」

久しぶりに見るアルフレッドの顔は、疲れが見えていた。どんなに騎士団の仕事が忙しかった時でも、こんな顔は初めて見る。

アルフレッドはジャンの隣に椅子を持ってきて腰を下ろし、ローズの顔をジッと眺める。

……と言っても、ブランケットを思いきり引き上げたので、目しか見えていない状態なのだが。

「アルフレッド様、心配かけてごめんなさい。あの、お仕事すごく忙しいの？」

「どうしてだ？」

「疲れたお顔をしてるから」

ローズの答えを聞いたジャンは、お腹を抱えて笑い出す。

「えっ！　ジャンお兄様、どうしたの？」

「お前……人のこと言えないだろ。お前だって鈍いじゃないか」

「なんのこと？」

「お前を心配してやつれたんだよ。ニブニブ妹め」

「……っ！　そうだったの⁉」

「アルフレッドは、毎日見舞いに来てくれてたんだぞ」

「アルフレッド様、ありがとう。嬉しいわ」

嬉しいけれど、何も着飾らずに眠っていた姿を見られたのは、恥ずかしい。そんなことを気にしている状態ではないことはわかっていても、気になってしまう。眠っていた時に変な顔をしていなかったことを祈るばかりだ。

「もちろんアリーヌも来てたぞ。今日は昼に来ていた。もう少し早く目覚めていたら、会えたのにな」

「みんなにたくさん心配をかけてしまったわね。アリーヌに早く会いたいわ」

「ああ、明日また来るだろうから、無理しない程度に話してやってくれ」

「もう、元気だから大丈夫よ。早くたくさんお話ししたいわ」

アリーヌ――自分のせいでと気に病んではいないだろうか。心配をかけてしまった。早く彼女に会って、もう大丈夫だと伝えたい。

「ねえ、アルフレッド様、アリーヌに怪我は本当になかった？　ガラスも飛び散ったから顔に傷が付いていないか心配だったの。みんな私に気遣って、本当のことを言えないだけなんじゃないかって……」

「いや、お前が庇《かば》ってくれたおかげで、アリーヌには傷一つ付いていない。ありがとう」

「そう、よかった……」

アルフレッドが言うのなら、信用できる。

「しかし、お前に一生残る傷を付けることになってしまった。女性の身体に傷を付けるなんて……謝っても許してもらえることだとは思わないが、本当にすまない」

「謝らないで。ジャンお兄様にも話したけど、気にしてないの。自分の不注意で付けてしまった傷なら気にしちゃうけれど、アリーヌを守れたからできた傷だもの。少しも嫌じゃないわ」

今思い出しても、自分にあんな動きができたのは奇跡に近い。いつもは何もないところで躓《つまず》いてしまうほど鈍臭くて、ジャンによくからかわれていたぐらいだ。

天国にいるお母様が、守ってくれたのかしら……。

「ローズ……」

「あっ！　強がって言っているわけじゃないから、安心してね。本心からの言葉よ」

「……ローズ、ありがとう」

アルフレッドはブランケットを掴《つか》むローズの手にそっと自身の手を重ね、ギュッと握る。

「……っ」

心臓が大きく跳ね上がる。

幼い頃は手を繋ぐことが多かったけれど、大人になってからはこうして手に触れる機会はほとんどなかったものだから、ドキドキしてしまう。

「ローズ、聞いてくれ。俺がバール伯爵の令嬢と婚約を決めようとしていた話は、ジャンから聞いていたと思うが……」

「……え、ええ、聞いたわ」

もしかして、この一か月半の間に、正式に婚約を交わしたという報告だろうか。

まさか何の覚悟もできていないこの場で、本人から聞かされるなんて……ああ、泣いてしまいそうだ。というか既に、涙で視界が歪《ゆが》んでる。

おめでとうなんて、言いたくない……こんな気持ちになるのなら、ずっと眠っていたかった。

涙が零れないように、ブランケットに隠した唇をキュッと噛《か》む。

「あの話は、白紙に戻してきた」

「えっ⁉　ど、どうして……⁉」

あまりにも驚いたローズは飛び起き、口元までかけていたブランケットが太腿《ふともも》に落ちる。

「お前と婚約したかったからだ」

「……へ？」

私と婚約したかったからって……え？　何？　私、もしかして、まだ目覚めてないの？　これ、夢？

「お前の意思を聞かずに申し訳ないが、ルヴィエ伯爵から了承を得て、お前と婚約を結んだ」

やっぱり夢としか思えないローズは、目を丸くして固まる。

でも、夢なら、傷口が引き攣るだろうか。それに唇を噛んだ時も普通に痛かった。試しに頬を思いきり抓《つね》ると、かなり痛い。

夢じゃないの……!?

「夢じゃない……」

「ああ、これは現実だ」

「でも、その……エルザ様……は」

「エルザ嬢のことは問題ない。お前は気にしなくていい」

「でも……」

「俺と結婚するのは、嫌か？」

「そ……っ……そんなことは……」

エルザ様との婚約を断って、私と婚約してくれたということは、アルフレッド様も私のことを……？

身を乗り出した瞬間、傷口が引き攣った。

「う……っ」

「ローズ、痛むか？」

アルフレッドが腰を上げ、寄り添ってくれる。

「大丈夫。ちょっと引き攣っただけで……」

「すまないな……」

あ……。

アルフレッドの申し訳なさそうな顔を見て、浮き上がりそうな気持ちが一気に沈んでいく。

アルフレッド様が私を好きになってくれた——なんて、ありえない。一か月半も眠っていたせいで、寝惚《ねぼ》けた考えになっていたみたい。

アルフレッドは、自分の妹のせいで一生消えない傷を負わせてしまったという責任を感じて、婚約寸前だったエルザと別れ、ローズと結婚しようとしてくれているのだろう。

エルザはずっと結婚しようとしなかったアルフレッドが選んだ女性だ。きっととても好きだったはずだ。

そんな二人を引き裂くなんて……。

アルフレッドと結婚できるのは、ローズの夢だった。とても嬉しい嬉しいことだ。でも、責任を負わせるために結婚するのは……想う人がいるのにするのは、違う。

そんなのは、アルフレッドを不幸にするだけだ。

大好きな彼を不幸にしたくない。でも、喉に詰め物をされてしまったみたいに、「婚約はやめましょう」とは言えなかった。

目覚めてから一週間後、ローズはすっかり日常を取り戻し、一人で出かけられるようになった。

あれから勇気を振り絞り、父にこんな形での婚約は、アルフレッドを不幸にするだけだ。婚約を解消した方が良いのではないだろうかと相談したが、父は決して首を縦に振らなかった。

身体に大きな傷がある娘を妻に……という良い家柄の男性はなかなかいない。それならば責任を取るという形でも、アルフレッドの元へ嫁がせたい。

アルフレッドに気の毒な思いをさせるのは嫌だが、自分の娘が誰の元へも嫁げない……一生一人で生きて行かなければいけない苦労を背負わせるのは、もっと嫌だと婚約解消を認めようとはしなかった。

そのことにホッとしている自分が、卑怯《ひきょう》で許せない。

アルフレッドはローズの大好きなお菓子を持って、毎日ローズの元へ通ってくれていた。婚約したからといって何か変わるわけでもなく、いつも通りただ他愛《たあい》のない会話を楽しんでいるだけだ。

婚約なんて夢だったのではないかと思うぐらい、いつも通りなのだけれど、目覚めた翌日に貰ったダイヤの婚約指輪が左手に光っているのを見て、これは現実なのだと気付く。

「ローズお姉様、本当に痛くない？」

「ええ、大丈夫よ」

「よかった」

アルフレッドが訪れる時は、アリーヌも一緒だった。彼女はローズと顔を合わせると、必ず痛みがないか確認するのが癖となっている。

小さな身体でドレスの裾にしがみ付いてくるアリーヌをそっと抱きしめ、彼女を守れてよかったと心から思う。

「ローズお姉様、私のせいで本当にごめんなさい」

「アリーヌのせいじゃないわ。不運が重なったのよ。そういえば、サロンはどうなったの？」

「改修工事が済んで元通りだ」

「そうなの。じゃあ、また、お茶に呼んでね」

「もちろんよ。でも、あそこは嫌っ！　今度は周りをうんと丈夫な壁で囲んだサロンを作ってもらいましょう。そこなら安心してお茶が飲めるわ」

「そ、それは、ちょっと……独房みたいじゃない？」

「独房みたいでも、安心だもの」

落雷の一件で、アリーヌの心に、傷を残してしまったようだ。

「大丈夫よ。あんなこと滅多《めった》にないもの。ね、アルフレッド様」

「ああ、大丈夫だ」

ローズに抱きしめられ、アルフレッドに頭を撫でられたアリーヌはホッとした表情を見せる。

「ローズお姉様がお兄様と結婚して、私のお義姉様《ねえ》になってくれるなんて嬉しい。夢みたいだわ」

どうしよう。気まずい……。

ずっとアルフレッドと結婚がしたかった。でも、責任を感じて……という形では嫌だ。

父には話したが、まだアルフレッドには言っていない。二人きりになる機会もないし、二人きりになれたとしても、勇気を出せるかはわからない。

アリーヌが用を足しに席を立った際にアルフレッドと二人きりになったが、やっぱり話せなかった。

「はぁ……」

馬車で帰る二人を見送り、自室へ戻ったローズは大きなため息を吐いた。

今日も言えなかったわ……。

結婚式の日取りは、半年後――一刻も早く話さなくてはいけないのに……。

窓から外を眺め、また一つため息を吐いていると、一台の馬車が停《と》まった。

お父様か、ジャンお兄様のお客様かしら。

そんなお話は聞いていなかったはずだけれど、自分がぼんやりして聞き逃していただけかもしれない。

誰が出て来るか見ていると、予想外の人物でギョッとした。

太陽のように眩いブロンドの女性――エルザだ。その美しさは、遠目でもわかる。

どうして、エルザさんが……？

居ても経《た》ってもいられなくなったローズは部屋を出て、玄関ホールへ向かう。するとエルザが対応に出たジャンに掴みかかっていた。

「ジャンお兄様！」

思わず声を上げるエルザがキッと睨《にら》み付け、ジャンから手を離してツカツカとローズの元へ近付いてくる。

近くで見ると遠目で見るよりも美しく、身長もあることからとても迫力があった。

「傷を盾にして人から恋人を取るなんて、最低な女！　恥ずかしくないの⁉」

「エ、エルザさん……」

「私と彼は愛し合っていたのよ！　ようやく婚約できると思ったのに……っ」

「乱暴はやめろ！」

　ジャンが慌てて駆け寄り、エルザの振り上げた手を掴んだ。

「レディの身体に気安く触れないでよ！　変態っ！」

「へ、変態って……」

　エルザはジャンの手を振り払うと、またローズを睨み付ける。

「アルフレッド様はあんたの傷の責任を負うために、愛し合っていた私と別れて、嫌々あんたと婚約したのよ！　覚えておくことね！」

　エルザは踵《きびす》を返すと、カツカツと高らかにヒールの音を鳴らしながら玄関を出て行った。

「エルザ嬢……か弱そうに見えて、意外とゴリラみたいに逞しい女だったな。ローズ、大丈夫か？」

「え、ええ……」

　本当は少しだけ、ほんの少しだけ期待していた。アルフレッドとエルザの結婚は、家同士で決まったものだと。

　期待を残しておきたかったから聞けなかったのだけど、明らかになってしまった。

　二人は政略ではなくて、恋愛結婚をするつもりだったのだ。それをローズが引き裂いてしまった。

　やっぱり、こんなのは駄目……！

　翌日、ローズはいつものように尋ねてきたアルフレッドに話を切り出すことにした。

　一緒に来たアリーヌには、彼に大事な話があるから、少しだけ待っていてほしいとお願いし、別室で待ってもらっている。

　ローズとアルフレッドは、彼女の部屋で二人きりとなった。ソファに並んで座ると、緊張で心臓が早鐘のように脈打つ。隣に座る彼に聞こえてしまわないか、心配になるほどだ。

「ローズ、大事な話ってなんだ？」

「あ、あのねっ！　私の傷のことは気にしないでほしいの……っ」

「どうしたんだ？　急に」

「私と結婚なんて言い出したのは、私の背中の傷を気にしているからでしょう？　そのことなら本当に気にしないで！　アルフレッド様は、アルフレッド様の好きな人と結婚を……」

　アルフレッドは大きな手を伸ばすと、ローズの膝に置いていた手をギュッと握った。

「あっ」

「俺は傷を気にしてお前を妻にしたいと思ったわけじゃない。お前が好きだから、一生お前と一緒に居たいと思ったから求婚したんだ」

エルザが尋ねてこなかったら、このロマンティックな告白を信じていたに違いない。

ローズが気にしないようについてくれた嘘の告白だとわかっていても、ドキドキしてしまうのと同時に、愛《いと》しい人にこんな悲しい嘘をつかせてしまったことを申し訳なく思う。

そしてローズ自身も悲しい。

嘘で告白されても、嬉しくない。泣いてしまいそうだ。

傷が残らなければ、アルフレッドに辛い思いをさせずに済んだのに……どうしてもっと上手に避けられなかったのだろう。

嘘だってわかっていると言っても、ローズを傷付けないようにと誤魔化そうとするはずだ。

ローズは「そう」とだけ答え、それ以上追及はしなかった。

告白したのに浮かない表情をする彼女を見て不審に思ったらしいアルフレッドが、何か言おうとしたのか口を開きかける。しかし、痺《しび》れを切らしたアリーヌが入ってきたことで、会話はそこで終わった。

傷がなくなれば、アルフレッドが責任を感じることはない。

アルフレッドとアリーヌが帰った後、入浴をする際に鏡を使って初めて自分の傷を見たけれど、とても自然に治るようなものではなかった。

どうしようかと悩んでいた翌日、一人で考えていても良い考えは浮かばないと思い立ち、朝のうちに使いを出してアルフレッドとアリーヌの訪問を断り、幼なじみの屋敷を訪れた。

「あら、いいじゃない。騙《だま》されたふりして、結婚しちゃいなさいよ」

にっこりと笑ってとんでもない提案をするのは、幼なじみで、一番の親友のクリステルだ。

オフレ男爵家の長女で、柔らかそうな紅茶色の髪に、菫色《すみれいろ》の瞳が少し垂れていることから、第一印象はおっとりしていると思われがちだが、案外きついことも言うし、さばけた性格をしている。

模様替えが大好きな彼女の部屋は、来るたびに家具の配置が変わっている。

最初は知らない人の部屋に来たみたいで落ち着かなかったが、配置は変わっても家具は同じなので、今ではすっかり慣れた。

「ね、そうしましょうよ」

「そ、そんなの駄目よ」

「でも、結婚したかったんでしょ？」

「それはそうだけど、私のことを好きじゃないのに……他の女性が好きなのに結婚なんてよくないわ。アルフレッド様を不幸にしちゃう……」

「今はそうだったとしても、一緒に暮らしていくうちに、好きになってくれるかもしれないじゃない。こんなチャンスを無駄にしたら勿体《もったい》ないわよ！　本当、損な性格をしてるわよね。

私なら喜んで結婚しちゃうけど」

「そんなことできないわ」

思い詰めたように俯くローズを見て、クリステルは小さくため息を吐いた。

「そう言うと思った。で、今日来たのは、なんとかして婚約破棄できないかって、相談に来たのよね？」

「ええ、一人じゃ何も思い付かないから、誰かと一緒の方がいい考えが浮かぶんじゃないかと思って」

「なるほどね。……傷がなくなればいいんじゃない？」

「それはそうなんだけど、普通に治るような傷じゃないの」

「大丈夫よ。チャロアイト国には、どんな傷痕でもすぐに治せる薬を作れる魔女がいるそうよ」

クリステルの口から『魔女』という言葉が出たのに驚く。彼女はそういった類のものを一切信じないタイプの人間なのだ。そんな現実主義の彼女が言うのだから、本物なのだろう。

絵本に出てきた魔女が、実際に存在しているなんて……！

ローズは頬を染め、目を輝かせた。クリステルはローズの反応に「あっ」と声を上げる。

「違うのよ。魔女はただのあだ名なの」

「あ、そうだったのね。ちょっと期待しちゃった」

あからさまにしょんぼりするローズを見て、クリステルはクスクス笑う。

「ローズは小さい頃から魔女が出てくる本が大好きだったものね。森の奥深くで薬局を営んでいて、いつの間にか子供たちが魔女って呼ぶようになったことで、そんなあだ名が定着したらしいわよ。魔女が作り出す薬は国一番どころか、大陸で一、二を争う程の素晴らしいものなんですって」

「そんなに素晴らしい腕なら、どうしてチャロアイト国王の専属薬師にならないの？」

「王城で働くのは性に合わないからって、話が来ても断っているらしいわよ」

「そんなことが許されるの？」

「ええ、ただし城からの依頼が来た時には、優先して薬を作るっていう約束をしているそうよ」

城から特別扱いされる薬師の作る薬——とても効きそうだ。

その薬があれば、この深く付いた背中の傷を治せるかもしれない。アルフレッドを責任という鎖から、解放できるかもしれない。

行きたい……！

「ねえ、二人で行きましょうよ」

予想もしていなかったクリステルからの誘いに、ローズは目を大きく見開いた。

「えっ！　一緒に行ってくれるの⁉」

「ええ、旅行も兼ねて行きましょうよ。とっても楽しそうだわ」

「旅行？」

「そうよ。船で一気に行くこともできるけれど、あえて列車に乗って旅をするっていうのはどう？　色んな観光地を楽しみながら、ゆっくり向かうの」

「わあ、素敵だわ……！」

「あ、でも、ローズの身体は大丈夫？　長旅は辛くない？」

「平気よ。心配してくれて、ありがとう」

「じゃあ、お互い父に相談して、それから予定を決めましょう」

「ええ、そうね。許可、貰えるかしら……心配だわ」

傷痕を治すための薬といっても、簡単に許可は出ないと思っていた。元々父は心配性だ。あんな事故もあったし、薬のため……という名目があっても、旅行の許可はなかなか下りないと予想していた。

薬は使用人に代理で取りに行かせろと言われるか、渋々観光せずに最短で帰って来れる船で行きなさいと言われるのではないだろうか……。

しかし、実際は拍子抜けするほど簡単に許可が出た。しかも渋々ではない。『そうか。楽しんできなさい』とまで言ってくれたものだから驚く。

旅行は八泊九日の予定だ。

寝台列車で六日間ゆっくりと観光しながらチャロアイト国へ向かい、着いたらすぐに森の魔女の元へ向かって薬を買って一泊し、船を使って帰国することになっている。

出発は二週間後――それまでローズはクリステルとお互いの屋敷を行き来し、どこを観光するか、何を持っていくかなど楽しく話し合った。

「え……？」

しかし当日、侍女のライラと共に待ち合わせ場所の駅へ向かうと、そこに居たのはクリステルではなく、アルフレッドだった。

たくさんの人で溢《あふ》れる構内でも、高身長で麗しい美貌の持ち主である彼は埋もれることなく、一際目立って見える。

「アルフレッド様！　わざわざお見送りに来てくださったの？」

しかし、彼は大きな鞄《かばん》を持っていた。見送りに……と言うには、随分と荷物が多いような……？

「聞いていないのか？　クリステル嬢は予定が入り、来られなくなったそうで、俺が代わりに行くことになった」

「えっ⁉　そ、そんなお話、聞いてないわ」

「そうだったのか？　おかしいな。俺は一週間も前に聞いたんだが……」

「そんなに前⁉」

え、でも、一週間前って……私、クリステルに会って、旅行の予定を話していたわ。どういうこと？

「侍女がいるとはいえ、ローズだけを旅に行かせるのは物騒だから俺に同行してほしいと頼んできた。彼女から手紙を預かっている。ほら」

「あ、ありがとう」

ローズは受け取った手紙をすぐに開封し、中を確かめる。

『親愛なるローズへ
用事があるなんて、嘘をついてごめんなさいね。私はあなたの親友だから、アルフレッド様に好きな人がいようと関係ない。あなたが幸せであれば、それでいいの。だから、やっぱりこのチャンスを逃してほしくないわ。でも、大丈夫。あなたは魅力的な女性だもの。九日も一緒に過ごせば、どんな男性の心も射止めることができるはずよ。そうすれば、あなたも、アルフレッド様も幸せになれるわ。帰ってきたら、すぐにお話を聞かせてね。私、確実に素敵なお話を聞かせてもらえるって、信じているから。あ、ちなみに魔女の薬のことに関しては嘘じゃないから、そこは安心してね。じゃあ、道中気を付けて。ま、騎士団長のアルフレッド様と一緒なら心配することはないだろうけれど。　クリステル』

まさか、こんな作戦を考えていたなんて……。

「間もなく発車時間だな。乗車するか」

「あっ！　でも、アルフレッド様、騎士団のお仕事は……」

「ああ、問題ない。もちろん陛下にはちゃんと許可を取ってきた。何かあれば、副団長が対応する」

「で、でも、いくらアルフレッド様が相手でも、男性と旅行なんてお父様が許してくださらないわ。ライラは頼れる人だし、二人でも大丈夫よ。ね、ライラ」

「いえいえ、アルフレッド様がいらっしゃった方が心強いです。やはり女性だけの旅は何かと物騒ですし、不安ですから。少人数ともなると、なおさらです」

「う……」

同意を得られなかったことにしょんぼりするローズに対して、アルフレッドはコクリと頭を縦に振った。

「ルヴィエ伯爵には許可を取っているから、安心していい。むしろ俺が行かないのなら、連れて帰るように言われているが、どうする？」

「そ、それは駄目……っ」

薬を手に入れられても、どれくらいで傷痕が治るかわからない。結婚式が行われる前に治さなければ、意味がない。そのためには、一刻も早く薬を手に入れなければ……。

「じゃあ、同行して構わないな」

「あっ……でも、クリステルと私は、同じお部屋で泊まることになっていて、一部屋しか取っていないの。ライラのお部屋は女性しか泊まれないし、一人用だから、アルフレッド様にその部屋を使ってもらうわけにはいかないし……」

「夫婦になるんだ。同じ部屋で構わないだろう」

「え……っ……ええっ⁉　で、でも、一緒のお部屋ってことは、ずっと一緒ってことで……その、眠る時もなのよ？」

ローズは耳まで真っ赤にし、人や汽車の声でかき消されてしまいそうなほど小さな声で訴える。しかし、アルフレッドは表情を変えずにサラリと「嫌なのか？」と尋ねてくる。

「そ、そういうわけじゃなくて。あの……」

「そういうわけではないということは、嫌ではないということだな」

「それはそうなんだけど、でも……」

「そうか。では、問題ないな」

アルフレッドは満足そうに頷《うなず》くと、ローズの手をギュッと握る。心臓が大きく跳ね上がり、彼女はますます頬を熱くした。

「さあ、ローズお嬢様、アルフレッド様、早く乗りましょう」

ライラに急かされ、アルフレッドは頭を縦に動かす。

「そうだな。ああ、荷物は俺が持とう」

「まあ、ありがとうございます。では、ローズお嬢様のお荷物を」

「遠慮せずに、お前の分も渡しなさい」

「お気遣いありがとうございます。ですが、私の荷物は少ないので大丈夫です。ローズお嬢様、一度私は自分の部屋に荷物を置いてから、お二人の部屋へ荷物の片付けへ伺いますね」

た、大変なことになってしまったわ……。

アルフレッドは狼狽《ろうばい》するローズの手を引いて汽車に乗り込み、チケットに記された座席を目指した。

第三章　予想外な旅の始まり

二人の部屋は、ここは汽車の中だと忘れてしまうほど、立派なものだった。

部屋の中は、ダークブラウンと白でまとめられていて、落ち着いた印象を受ける。

大きなベッドがナイトテーブルを挟んで二つ並んでいて、寝ながら景色が楽しめるようにという配慮なのか、両隣りには大きな窓があった。

ベッドの壁には壁にかけるタイプの花瓶があり、赤い薔薇《ばら》が活《い》けられている。揺れても倒れないようにとの工夫なのだろう。水は底ギリギリまでしか入っていない。

お茶や軽食を楽しむことのできる二人掛けのソファとテーブルもあり、そしてバスルームも隣接されている。

想像より、ずっと広い。

大人二人が長時間過ごしても、なんの不自由も感じない大きさだ。でも、異性と……アルフレッドとずっと一緒に過ごす空間としては狭いというか……いや、広さはこれで十分なのだけど、一人になれる空間が欲しい。壁が欲しい。こんな空間に一日中ずっと二人きりでいるなんて、心臓が保《も》ちそうにない。

それに別れが辛くなる。そもそもアルフレッドには、今回の旅の目的が傷薬であることを話していないし、家族や使用人たち、もちろんクリステルにも口止めしていた。

話したらやっぱり傷を気にしていたのかと、ますます責任を感じさせてしまうかもしれないし、それなら自分が買いにいくなどと気を遣わせるかもしれないからだ。

やっぱり今回は、諦めた方が……。

そんな考えが頭をよぎった瞬間、列車が動き出してしまった。

ああ、これでもう後戻りできない。

できれば隠しておきたかったけれど、一緒に行動する以上、知られてしまうことだ。頃合いを見て話そう。

部屋に自分の荷物を置いてきたライラがすぐにやってきて、ローズの荷物をクローゼットに片付け、お茶を出してくれた。

アルフレッドと二人きりでいる状況が色んな意味で辛くて、少しでも二人きりの時間を減らそうと思ってライラをお茶に誘ったけれど、「お誘いありがとうございます。ですが、お二人の邪魔はできませんわ」とにっこり断られてしまった。

アルフレッドと並んで座り、ライラの淹《い》れてくれた紅茶を飲む。

ライラはわざわざ屋敷から、ローズの大好きなアップルティーの茶葉を持ってきてくれてい
て、緊張で強張《こわば》っていた心が少しだけ綻ぶのを感じる。

「まさか、アルフレッド様と旅行できるなんて、夢にも思わなかったわ」

「なぜだ？　これから俺達は、夫婦になるんだ。新婚旅行や家族旅行、この先たくさん行く機
会があるだろう」

夫婦——という言葉に、胸がチクリと痛む。

「……っ……アルフレッド様は、本当に私と結婚するつもりなの？」

「ああ、もちろんだ。婚約もしたのだから、当たり前だろう？」

「そういう意味じゃなくて……っ……その、ずっと私を妹みたいな存在って言っていたじゃな
い。妹と結婚できるの？　っていう意味よ」

「ああ、昔は妹として家族としての愛情を持っていたが、今は一人の女性として、愛している
からな」

嘘ばかり……好きなのは、エルザさんのくせに。

胸の中が、モヤモヤする。

ローズはカップをソーサーに戻し、アルフレッドの前に立つ。動いている列車に乗っている

ため、静かに走っているとはいえ身体が左右に小さく揺れる。

　立っていられないほどではない。でも、心配したアルフレッドが支えてくれようと手を差し出すが、ローズはその手を取らなかった。

「アルフレッド様だって、知っているでしょう？　夫婦っていうのは、ただ傍に居るだけじゃないし、手を繋ぐだけじゃ終わらないわ。キ、キスだってするし、その……それ以上のことだって、する……のよ？」

　少しは動揺するのではないかと思っていたが、アルフレッドは少しも動揺している様子を見せない。

「ああ、そうだな」

　ムキになったローズは、小さな手でアルフレッドの両頬を包み込み、真っ赤な顔を近付けた。キスをするふりをしてやろうと思っているのだ。

　口では『一人の女性として、愛している』と言うけれど、妹としか思えない女性とキスをするなんて、生理的に嫌だろう。咄嗟《とっさ》にやられたのなら、演技もできないはずだ。

　嫌な素振りを見せたら『夫婦になったら、こうしてキスをするのよ？　嫌でしょう？』と言ってやろうと思っていた。

「あっ……！　んっ⁉」

衝撃を与えるため、恥ずかしいけれどできるだけギリギリまで顔を近付けようとしたその時、少しだけ列車の揺れが大きくなった。バランスを崩したローズは、アルフレッドの唇に自身の唇を押し当ててしまう。

ほ、本当にキスしちゃうなんて……！

「ご、ごめんなさい！　私、キスするふりをしようとしただけで、本当にするつもりなんてなくて……あっ」

アルフレッドはすぐさま離れようとしたローズの腰を引き寄せ、抱き上げると自身の膝に乗せた。

「まさか、お前からしてもらえるとは思わなかった。……キスの経験があるのか？」

首を左右に振ると、ホッとした表情を浮かべられた。

「そうか。では、今のがお前の初めてのキスだったのか」

「ううっ……ごめんなさい。本当に悪気はなかったの」

「謝ることはないだろう。したい時にしていい」

「違うの……違うの……うう、あの……本当にする気はなくて……」

恥ずかしくて、顔を見ることができない。でも、どんな表情をしているのか気になって、ローズは逸《そ》らしていた顔を恐る恐るアルフレッドへ向ける。

「……っ」

アルフレッドの薄い唇が、柔らかく綻《ほころ》んでいるのに驚いた。

唇にキスしてしまったのに、嫌そう……というより、心なしか嬉しそうに見えるのは、ローズの気のせいだろうか。

「そうだな。たくさんこういうことをするだろうな」

「い……っ……嫌でしょう?」

「まさか。そんなわけないだろう」

ローズの家ではそういった習慣はなかったが、挨拶として唇に軽くキスをする家庭もあるそうだし、アルフレッドもそんな感覚なのかもしれない。

いや、そういう習慣のある家庭も、そういった挨拶は幼い頃だけの話だと聞いているが……例外もあるのかもしれない。

「こ、これ以上のことも、するのよ?」

キスは嫌じゃなかったとしても、さすがにそれは嫌だろう。だって、家族なのに挨拶のキス以上のことをするなんてありえないことだ。

「そうだな。夫婦になるのだからな」

予想外の答えが返ってきて、ローズはあからさまに狼狽してしまう。

「なっ……そんなわけないわ！　絶対できないわ！　キス以上のことなのよっ⁉」

「なぜだ？　できるに決まっているだろう」

「……っ⁉」

絶対に嘘をついているに違いない。そう思った。でも、アルフレッドの表情は嘘を言っているようには見えなかったので、ローズは混乱した。

「なんだ？　遠回しに、誘っているのか？」

「ち、違っ……私は……あっ」

アルフレッドは瞳を細め、顔を赤くしているローズの顎に指を添えて、俯く彼女の顔を持ち上げた。

熱を宿したアメジストのような瞳に見つめられると、もうすでに速くなっている心臓の鼓動が、ますます激しくなるのを感じる。

艶《つや》やかで、意味深な表情――こんなアルフレッドを見るのは初めてだった。見てはいけないものを見てしまったような気分になり、目を逸らしたくなるのと、もっと見たいという気持ちがせめぎ合う。

「あ、あの……」

「お前を怖がらせると思って、こういうことはゆっくり進めていこうと思っていたが、意外と

「積極的だな。これからは遠慮しないことにする」

「せっ……積極的だなんて、私……んぅっ……⁉」

積極的だなんて、はしたない女の子みたいだ。違う。あれは事故だ。そう否定しようとしたローズの唇は、アルフレッドの柔らかな唇で塞がれた。

何度も角度を変えながら唇を吸われ、そのたびにローズは、大げさなぐらいビクビク身体を震わせてしまう。

私、アルフレッド様とキスしてる。一度じゃなくて、二度も……三度、四度……もう、何回か数えられないわ。って、数える意味があるのかしら。ないわよね？　ああ、どうなのかしら。わからない。

「んっ……んぅっ……」

さっきは感触なんてわからなかったけれど、今はアルフレッドの唇が想像以上に柔らかくて、温かいと感じる。

唇を合わせるのが、こんなにも気持ちいいことなんて……。

「緊張しているのか？　唇から力を抜くといい」

「ち、力？」

「そうだ」

またチュッと吸われ、ローズはビクリと身体を引き攣らせる。するとアルフレッドが手を握ってきて、そちらに意識を移すと、自然と唇から力が抜けた。

その状態で吸われると、さらに気持ちよさが増す。

少し前までは、アルフレッドとキスをすることなんて、絶対にないと思っていたのに、まさかこんな日が訪れるなんて……。

ああ、もう、死んでもいい――。

嬉しくて涙を滲《にじ》ませていたら、肉厚な長い舌が赤い唇を割って、中に侵入してきた。

「あ、んぅっ……！」

咥内《こうない》をねっとりと舐《な》められると、未知の感覚がやってくる。

舐められたところが、むず痒《がゆ》い……というか、くすぐったい。でも、それが気持ちよくて、なぜか触れられていない下腹部が切なくなっていくのを感じた。

舌を絡められ、ヌルヌル擦り付けられたら、切なさがより強くなって、恥部が潤み出すのがわかる。

「んぅっ……んっ……んんっ……」

淫らな身体の変化に戸惑う。

ビクビク身悶《みもだ》えするたびにそこからクチュクチュいやらしい音が聞こえる気がして、アルフ

レッドに気付かれないか心配になる。

動かなければいいのだけど、身体が勝手に動いてしまうからどうしようもない。

やがて頭がぼんやりして、何も考えられなくなったローズは、無意識のうちにアルフレッドの真似をし、自ら舌を動かして彼の長い舌に擦り付けていた。

どれくらいキスしていたのだろう。

気が付いたら唇が離れて、アルフレッドがぼんやりするローズを見つめていた。

「お前の唇は、柔らかくて気持ちいい。ずっと吸っていたくなるくらいだ」

唇を離してもまだ頭がぼんやりしていて、身体にあんまり力が入らない。

ローズは今にも閉じてしまいそうな瞳をなんとか開いて、苦しいぐらい脈打っている心臓をドレスの上から押さえた。赤い唇から、濡《ぬ》れた吐息が零れる。

アルフレッドの唇に自分の口紅が付いているのを見ると、キスをした実感がじわじわ湧いてくる。

「アルフレッド様、口紅が、付いちゃってるわ。拭かないと……」

ローズはハンカチを差し出すが、アルフレッドはそれを断る。

「拭くなんて勿体ない」

アルフレッドは口紅が付いている唇を、長い舌でペロリと舐めて取った。濡れた赤い舌が動く様はとても官能的で、ローズは目が離せない。

「取れたか？」

「え、ええ……あの、えーっと、そうだわっ！　私、お化粧、直してくるわね……」

「ああ、急に大きく揺れることもあるから、気を付けるんだぞ」

「わかったわ」

膝から下ろしてもらったローズは、フラフラと化粧室へ向かった。鏡に映る自分の顔を見て、驚く。高熱を出した時のように赤くなっていた。

私、アルフレッド様とキスを……それも、あんな深いキスをしちゃったなんて……。

キスを思い出すと、ますます顔が熱くなって赤くなっていく。

絶対、妹同然と思っている私となんてできないと思ったのに、まさかできるなんて思わなかった。

そういえば以前、ジャンから忠告されたことがあった。

あれは、社交界デビューして、間もなくのことだ。

『ローズ、お前、アビリ公爵と二人きりで話すのは避けろ。二人きりになるな。それから、飲み物を貰っても、絶対口にしないように気を付けろよ』

『え、どうして？』

アビリ公爵は娘がいたが、幼い頃に亡くしているそうだ。

もし生きていたとしたら、ローズと同じ歳で、髪と瞳の色が同じなので、娘と重ねてしまう。成長した娘と話しているみたいで嬉しい。時々でいいから、こうして話してほしいと言われたので、喜んで話し相手になっていた。

『変な薬が入ってるかもしれないからだ。連れ込まれて、傷物にされたら大変だろ』

『ジャンお兄様ったら心配性なんだから。アビリ公爵はそんな方ではないわ。私に亡くなった娘さんを重ねているだけなのよ。私と娘さん、同じ髪と瞳の色をしていたんですって。偶然よね』

『馬鹿、その話は、アビリ公爵のお決まりなんだ』

『お決まり？』

『自分が目を付けた女性に「死んだ娘に似ている」と声をかけて、油断させたところで薬を盛った飲み物を渡して、屋敷に連れ込む……それがアビリ公爵のお決まりの作戦だ』

『嘘……だって、アビリ公爵は、お父様よりもうんと年上のはずだわ。それなのに私を？』

『ああ、アビリ公爵は若い女が大好きだからな。ローズ、いいか？　お前は純粋だから知らないかもしれないけど、男は例外なく皆、ケダモノだと思え。どんな相手でも、どんなに年が離れていても、自分に妻や恋人がいようが、女であればそういうことができるんだから、「この人は大丈夫」なんて安心してないで、男を見たら常に警戒心を持てよ。いいな？』

『皆……じゃあ、ジャンお兄様もケダモノなの？』

『答えにくい質問をしてくるものだな。さすがに実の妹に欲情はしないけど、俺もケダモノだ。アルフレッドもな』

『へ、変なこと言わないでっ！　アルフレッド様は、そんな人じゃないものっ！』

『だーかーら、その考えを捨てろっていうの。男は誰でも信用するな。いいな？　わかったって言うまで、ずーっと言い続けるからな』

ずっと言われるのが嫌で、その場では『わかった』と言ったけれど、アルフレッドはそんな人間ではないと強く思っていた。

でも、アルフレッドは今、エルザという想い人が居るにもかかわらず、妹同然だと思っているはずのローズにあんなキスをできた――ということは、そういうことなのだろうか。

好きじゃないのに、そういうことができるなんて……。

キスをできたことに喜びを感じていることも確かなのだけど、そう考えるとモヤモヤした。

まるで胸の中に、黒い霧がかかったみたいだ。

◆◇◆

どんな顔をして、アルフレッドの元へ戻ればいいのかわからなかったローズは、悩んだ末に何事もなかったかのように振る舞うことにした。

すっかり冷めてしまったアップルティーを飲みながら、何事もなかったかのように他愛のない話をする。

気恥ずかしさのあまり、どんな会話をしていたかは思い出せない。

窓から見える景色はだんだんと夕焼け色に染まり、やがて日が沈んだ頃にライラがやってきて、ディナーの支度をしてくれた。

愛らしいローズピンク色のドレス、靴も揃いの生地で作られたものだ。

編み込みを加えて髪をリボンと一緒に結い、すっきりとしたアップスタイルにし、ドレスとお揃いの色の薔薇を飾る。

ライラが「ローズお嬢様は、生の薔薇を飾るのが一番美しく見えるので。九日間すべては無理ですが、せめて一日、二日は」と、管理の難しい生薔薇をわざわざ持ってきてくれたのだ。

アルフレッドに大人の女性として見てもらいたくて、彼のいる舞踏会に出かける時は大人っぽいドレスを選んでいた。でも今日は、クリステルと一緒だと思っていたから、好きなデザインのドレスを選んだのだった。

アルフレッド様と一緒なら、もう少し大人びたドレスを持ってくればよかったわ……。

アルフレッドはグレーのスーツに身を包み、クラヴァットを大きなエメラルドのブローチで飾っている。胸のポケットを彩っているのは、ローズの髪飾りとお揃いの薔薇だ。

シャツやクラヴァットに、一切フリルは使われていない。

彼はごてごてと飾り立てるのは好きではないそうで、いつもこうしたシンプルな装いが多い。しかし、元々持って生まれた美貌と鍛え抜かれた肉体が、どんな服装でも華やかに見せてくれる。

化粧室から出たローズは、アルフレッドの姿を見たのと同時に、「アルフレッド様、とっても素敵！」と声を上げた。

「先を越されたな。お前の方こそ素敵だ。そのドレスも髪型も、よく似合っている」

アルフレッドはローズの手を取ると、チュッと口付けを落とす。

「……っ……あ、ありがとう」

こうしてアルフレッドから手に甲にキスされるのは、初めてではない。何度されても心臓が高鳴ってしまうのだが、先ほどのこともあり、いつも以上に鼓動の音がうるさい。

アルフレッドにエスコートしてもらい、食堂車へ向かった。

食堂車は三車両あり、座席により使える車両が違う。一番良い座席の二人が使う車両は、貴族しか入ることができない一等車両だ。

「ん……っ！」

「どうした？」

まずは飲み物で喉を潤わせようとグラスに口を付けると、ワインの味がした。お酒はすぐに酔ってしまうし、味が苦手なので赤葡萄《ぶどう》ジュースを頼んだはずが、間違えられてしまったようだ。

「赤ワインだったわ。もしかして、アルフレッド様の方が葡萄ジュースだったりする？」

「いや、赤ワインだ。替えてもらおう」

「あ、待って」

ウェイターを呼ぼうとしたアルフレッドを止め、グラスにまた口を付ける。美味《おい》しくはないけれど、あっさりしていて比較的飲みやすい味だ。

「このワインは飲みやすいから、大丈夫そう」

「無理することはないぞ」

「いいえ、もう口を付けてしまったし、下げられたら捨てることになるわ。こんなに入っているのに、勿体ないもの」

ワインを作るのは、とても大変なのだと聞いたことがある。

他人が残していてもその人の自由なのでとやかく言うつもりはないが、自分は作った人の苦労を捨てるような真似をしたくない。そう話すと、「お前らしいな」と微笑まれた。

柔らかな笑顔――その顔を見ることができるなら、苦い粉薬を溶かした水でも美味しく飲めそうな気がしてくる。

「無理しない程度にな」

「ええ、ありがとう」

飲み物だけを楽しむというのであれば少し辛いかもしれないが、食事と一緒ならそこまででもない。

前菜のサラダやスープではあまり飲めなかったが、濃いソースのかかった子羊のステーキが出てくると喉が渇いて進む。

グラスの中のワインが減るのと比例し、頭がぼんやりしてきた。それに眠い。久しぶりにお酒を飲んだせいだろうか。酔いが回るのが速い気がする。

「ローズ、大丈夫か？　顔が赤いぞ」

「ええ、大丈夫よ。ちょっとフワフワするけど、具合が悪いわけじゃないから」

「そうか。それならいい。……この列車は、明日の十時にアマゼッツに着くそうだな。港町だ。食事も買い物も楽しめるだろうな。お前はどこへ行きたい？」

そうだ。アルフレッドは、この旅は観光を目的としていると思っている。今が頃合いだろう。

「あのね。アルフレッド様……実は隠していたんだけれど、この旅は観光が目的ではないの」

ローズはチャロアイト国には、どんな傷痕でも治せる薬を作ることができる魔女がいること、今回の旅はそれが目的であり、観光はついでだということを説明した。しかし、自分が思っている以上に酔っていたようで、所々呂律《ろれつ》が回らない上に、説明する言葉が時折つかえてしまう。

「そうだったのか。傷痕……やはり気になっていたんだな。いや、気にならない方がおかしいが……すまない」

ああ、やはりそういう意味で、取られてしまった。

「違うの……っ！　私は本当に気にしていないの。でも、アルフレッド様は気にしているでしょう？　だから、妹同然としか思っていない私と婚約してくれたんだもの……だから、傷がなければ、本当に好きな方と結婚できるでしょう？」

同情で結ばれた婚約――。

紛れもない事実なのだけど、アルフレッドの前で言葉にすると、悲しさが増して涙が出てきそうになる。

「前にも言ったが、俺はお前の傷を気にして求婚したのではない。お前が好きだから求婚したんだ」

嘘つき……。

エルザさんと付き合っていたアルフレッドが、ローズのことを好きなわけがない。きっと、気を遣って嘘をついてくれているのだ。

「……ありがとう。あのね、大丈夫よ。私、好きな人がいるの。この傷が治ったら……その、告白するつもりなの。だからアルフレッド様は、私のことは本当に気にしないで本当に好きな人と結婚してほしいのよ」

もちろんローズの好きな人は、アルフレッドだ。でも、アルフレッドではない別の人のことのように言えば、背中の傷が治った後、彼も気に病まずに婚約を解消してくれるのではないかと思ってそう言った。

でも、アルフレッドは眉根を顰《ひそ》め、不機嫌な表情を露《あら》わにした。

「俺のことが好きだと言っていたのは、嘘だったのか？」

「嘘なんかじゃないわ！　でも……その、好きな人がいるのっ！」

「誰だ？　俺の知っている男か？」

知っているも何も、本人なのだけど――……。

目を合わせていると嘘が暴かれてしまいそうで、さり気なくグラスに視線を落とす。酔いが回っているせいか、グラスの縁《ふち》が二重に見えて、グラグラ揺れる。

「そ、それは、内緒……」

そう答えると、アルフレッドを取り巻く空気が、ピリピリと鋭くなるのがわかった。デザートの味がわからないのは、気まずいからだろうか。それとも、酔っているからだろうか。

「俺の知っている人間か？」

「……内緒、よ」

気まずさを紛らわすように、グラスの中に残っていたワインを全て飲み干すと、グラスが二重に見えるどころか、目を開けていることすら難しくなってきた。

どうしよう……。

後悔した時には、もう遅い。ローズはイスに座っているのが、やっとになってしまった。

「ローズ、大丈夫か？」

「らいじょうぶ……」

「……大丈夫ではないようだな」

アルフレッドは立ち上がることができないローズを軽々と抱き上げ、自室の車両へ向かう。

時折列車が揺れても上手くバランスを取り、どこへも手を突かずに歩く。

そんな姿をすれ違う乗客や、手を貸そうとした客室乗務員が驚いた様子で眺める。

「アルフレッド様、ごめんなさい……」

「大丈夫だ。気にするな。気分は悪くなっていないか？　吐き気は？」

「平気……フワフワして、気持ちいいけど、すごく眠いの……」

「それならよかった。眠っていいぞ」

「そんなの駄目……」

申し訳ない気持ちでいっぱいなのに、あまりにも強い眠気に抗《あらが》えなくなったローズは、それから間もなく意識を手放した。


ローズが目を覚ましたのは、それから数時間後のことだ。無意識のうちに寝返りを打とうとしたら、きつく締め付けられたコルセットが苦しくて目が覚めた。

喉がカラカラで、頭がやけにぼんやりする。

私、いつ眠ってしまったのかしら……。

まだ寝惚けて状況を理解できていないローズが身体を起こすと、シャツとトラウザーズの簡素な服装に着替えたアルフレッドが、ソファで本を読んで寛《くつろ》いでいるのが見えた。

「えっ！」

どうして、アルフレッド様がいるの⁉

屋敷の自室で眠っていると思っていたけれど、部屋を見渡し、自分の服を見たことで、列車で旅行に来ていることをようやく思い出した。

「ローズ、大丈夫か？」

まだ全ての状況を把握できていないローズは、何が大丈夫なのだろうと首を傾げていると、アルフレッドが本を閉じて立ち上がり、グラスに水を注ぐ。

「覚えていないか？　酒に酔って眠ってしまったんだ。水を飲んだ方がいい」

「あっ……！　ご、ごめんなさい。私、すごい迷惑をかけてしまって……」

「迷惑などではない。気分はどうだ？」

「ぼんやりするけど、大丈夫。お水、ありがとう」

アルフレッドからグラスを受け取り、渇いた喉を冷たい水で潤《うるお》した。髪が解けていることに気付いて、枕に薔薇が散っていないか確認すると、何も落ちていない。ふと視線をサイドテーブルに向けると、髪を留めていたピンと薔薇が置いてあるのが見えた。

「アルフレッド様が髪を解いてくれたの？　それともライラが？」

「寝辛いと思って、俺が解いた。ドレスも脱がせてやりたかったんだが、さすがに今はまだ、嫌がるのではないかと思って遠慮した。脱がせても構わなかったか？」

「そ、それは絶対に駄目……っ！　髪だけで十分よ。ありがとう。私、どれくらい眠ってしまったのかしら……」

アルフレッドは空になったグラスを受け取ると、サイドテーブルに置いてある時計を確認した。

「三時間ぐらいだな。今は日付を越えたところだ」

「そんなに眠ってしまったのね……アルフレッド様はもう、入浴は済ませたの？」

「ああ、お前はどうする？　まだ酒も残っているだろうから、明日にするか？」

「いいえ、汗もかいたし、入ってから休むわ」

「大丈夫か？」

「ええ、大丈夫よ」

いつもは、ライラに手伝ってもらって入浴している。でも、この時間に疲れている彼女を呼ぶのは心苦しい。今日は一人で入ることにしよう。

「あまり長湯しないように」

「わかったわ。心配してくれてありがとう」

クローゼットからナイトドレスと下着を素早く取り出し、アルフレッドに見えないように、ガウンで包んで、バスルームへ持って行く。

ドアを開けた瞬間ふわりといい香りがして、さっきまでアルフレッドが入っていたことを意識してしまい、心臓の音が速くなる。

手が攣《つ》りそうになりながらも背中にあるボタンをなんとか外し、コルセットの紐《ひも》を解いて裸になる。

「……っ」

ドアを開けたすぐ傍には、アルフレッドがいる。そんな場所で裸になって、入浴するなんて
……なんだかとても変な感じがするというか、ソワソワして落ち着かない。

長湯しないようにサッと入浴し、身体を拭いた後に、いつも使っている薔薇の香りがするボ
ディクリームを手の届く範囲で塗り込む。

もう背中の傷は薬を塗る必要はないのだけれど、乾燥すると引き攣ってしまうので、保湿剤
を塗るようにしていた。でも、手が届かないし、今日は諦めよう。

ショーツを履いて、ナイトドレスを拡げたローズは、生地の薄さに衝撃を受けた。

「なっ……」

何これ……!?

向こうが透けるほど薄い生地だ。しかも胸元が大胆に空いている。こんなにも淫らなナイト
ドレスなんて、今まで見たこともなければ、着たこともない。

ど、どうして、こんなものが入ってるの!?

こんな淫らなものは、とても着られない。でも、先ほどまでのドレスに着替えるには、コル

セットを締める必要がある。一人だと緩めることはできても、締め直すことはできない。

ということは、このスケスケのナイトドレスを着るしかないのね……。

ガウンを着れば平気だけど、うっかり寝相を悪くして、胸元が乱れてしまったら……と考えたら、とてもじゃないけど安眠できそうにない。

とりあえずガウンを着て、クローゼットからまともなナイトドレスを持ってきて着替えよう。

きっとこの一枚だけ何らかの手違いで入ってしまっただけで、他はいつも着ているものが用意されているに違いない。

しかしクローゼットの中に入っていたナイトドレスは、すべて淫らなものだった。

胸元が乳首がギリギリ見えてしまうほど深いものだったり、下着が見えてしまいそうなほど裾が短いものだったりとまともなものが一枚も入っていない。

どうして、こんないやらしいものしかないの……!?

「ローズ、どうかしたのか？」

バスルームから出て早々、クローゼットの中を見て呆然とするローズの後ろ姿を見たアルフレッドは、ただならぬ様子を感じ取ったようだ。

「い、いえ、なんでもないの」

「そうか？　何か困っているように見えたんだが……」

「だっ……大丈夫！　本当に大丈夫なの」

明日、絶対にまともなナイトドレスを買おうと決意し、ガウンの紐をきつく結び直し、胸元を押さえる。

「そうか。それならいい。……そろそろ休むか」

「え、ええ、そうね」

今日だけ……今日だけは、寝相よく眠れますように……！　神様、お願いしますっ！

元々寝相は悪くないほうだけれど、今日に限って……ということがないように、心の中で神に祈る。

ブランケットを捲《めく》ろうとした時、背中の傷痕が乾燥して引き攣った。

「……っ！」

痛くはないけれど、違和感があって慣れない。思わず掴んだブランケットから手を離すと、隣のベッドに入ろうとしていたアルフレッドが、すぐさま傍に来てくれた。

「ローズ、どうした？」

「あ、いいえ、なんでもないの」

「そうは見えない。……もしかして、傷が痛むのか？」

「ううん、ただ乾燥して、引き攣るだけなの。いつもは入浴した後は、ライラに保湿剤を塗ってもらっているのだけど、一人だと手が届かなくて」

「そうだったのか」

「でも、大丈夫よ。違和感があるだけで、痛いわけじゃないから」

「薬はどこにある？」

「脱衣所に……」

アルフレッドは脱衣所に向かうと、薬が入っている入れ物を持ってきた。

「これか？」

「ええ、持ってきてくれて、ありがとう。でも、手が……」

「俺が塗る。脱いで、背中を出せ」

「えっ……⁉　脱……っ……そ、そんなの無理よっ！」

思わず両手を交差させ、ガウンをギュッと握った。素肌を見せるなんて、淫らなナイトドレスを身に着けていること以上に恥ずかしい。

「なぜ無理なんだ？」

「だ、だって、恥ずかしいわ」

「夫婦になるのだから、お互い肌を晒《さら》すようになるだろう。恥ずかしいのは今だけだ」

アルフレッドがジリジリと迫ってくるので、ローズはお尻を使って後ろに退がるが、すぐに間を詰められてしまう。

「……っ……夫婦には、ならないわ。婚約は、いずれ解消するもの」

もし夫婦になったことを想像したとしても、肌を晒すことに恥ずかしさを感じなくなるなんて日は、訪れないような気がする。いや、絶対にない。

「俺に無理矢理脱がされて塗られるか、自ら脱いで自ら塗ってもらうか、どちらがいい？」

どちらにしても、アルフレッドの手で薬を塗られること以外に、選択肢はないらしい。彼の手は既にローズのガウンの紐にかかっている。

脱がされたら、淫らなナイトドレスを着ていることを知られてしまう。

「わ、わかったわ。自分で脱ぐ……脱ぐから、後ろを向いていてくれる？」

「ああ」

アルフレッドが背を向けたのを確認し、恐る恐るガウンの紐を解いた。

改めて自分の着ているナイトドレスを見ると、本当に透けすぎだ。胸の先端も、臍《へそ》も、くっきり見えている。

本当に、なんてナイトドレスなのかしら……。

またアルフレッドがこちらを見ていないことを確認し、ナイトドレスを脱いだ。腰にブランケットを巻き付けて下半身を隠し、ナイトドレスを枕の下に隠す。

こんな淫らなナイトドレスを着ていることがバレたら、居た堪《たま》れない。

「終わったか？」

「も、もう少し待って」

ガウンで胸元を隠し、彼に背を向ける。

これで背中以外は見えていないわよね？

「もういいか？」

心臓がドキッと跳ね上がり、急に羞恥心が増してしまう。

「……え、ええ、でも、ちょっと待って！　あの、本当にアルフレッド様が薬を付けるの？　本当に本当？　少し突っ張るだけで、痛くないし、付ける必要なんてないのよ？」

「突っ張るなら、塗らないと駄目だろう。振り返るぞ」

ああ、ついに、見られてしまう。

「――……っ」

ガウンを掴む手に力が入り、指先が白くなる。背中にアルフレッドの視線を強く感じ、心臓の鼓動がどんどん速くなっていく。

「綺麗な肌だな。それなのに、こんな傷を付けてしまって……すまない」

謝られると、胸の中がチクンと痛む。

傷のことに触れられるたびに、この婚約は仕方なくした……という現実を嫌でも思い出してしまう。

「私は少しも気にしていないわ。だからアルフレッド様も、もう謝らないで」

「……そうだな。謝っても、自己満足にしかならないしな。……それにお前に、俺以外の好きな男ができたと聞いた今、この傷があっていいと思ってしまっている自分もいる」

「え？」

それって、どういう意味？

「お前の好きな男が、傷があることを気にする男でよかった……と、最低なことを思っている。お前のような美しくて優しい、素晴らしい女性なら、どんな男でも落とせるだろうからな」

ますます意味がわからない。

よかったって……そんな言い方は、アルフレッドがローズに男性としての好意を持っているかのようだ。

でも、そんなことはありえない。アルフレッドはエルザと恋仲にあるのだから、ローズが勝手に期待してそのように感じてしまうのだろう。

ローズが何も言えずにいると、薬の蓋を開ける音が聞こえた。

「どれくらい塗ればいい？」

「えっと、薄く全体的に……」

「わかった」

アルフレッドは薬を指先ですくうと、ローズの傷痕に丁寧に塗り込んでいく。

「……っん」

「すまない。痛かったか？」

「い、いえ、大丈夫……」

ライラに塗ってもらう時は何も感じないのに、アルフレッドに塗られている時は、指先が動くたびにくすぐったい。

好きな人に触れられていると強く意識しているせいだろうか。身体がビクビク揺れて、思わず声が漏れてしまう。

ローズ、意識しちゃ駄目よ。何か他の物に目を向けて、そうだわ。意識を逸らしたらどうかしら。

目だけ動かして、部屋のあちこちを見る。すると膝に何かが落ちてきた。

黒い何か――それは壁に飾られていた薔薇の花びらだった。一部分が痛んで黒ずみ、列車の揺れで落ちてきたのだけれど、極度の緊張状態にあるローズは虫だと勘違いし、悲鳴を上げた。

「きゃあああっ！　む、虫……っ！　虫が……っ！　アルフレッド様、助けて……っ」

昔から虫は大の苦手だ。恐怖のあまり頭が真っ白になり、ガウンを捨ててアルフレッドに抱き付いた。

「虫？　どこだ？」

アルフレッドはローズを片手で抱きとめると、彼女がいた場所に落ちたガウンを横に退けて、虫を捜す。

「私のいた足元……お、大きくて、黒い虫が……」

「黒い虫……ああ、きっとこれだ」

黒ずんだ薔薇の花びらを摘まみ上げたアルフレッドは、ローズの傍に持ってくる。

「や……っ……見せないで！」

「大丈夫、ただの薔薇の花びらだ。ベッドの近くに飾ってあっただろう？　赤い花びらが変色して黒くなっただけだ。ほら」

恐る恐る顔をアルフレッドから身体を離し、彼の手に持っていたものを見る。ちゃんと見ると、確かに薔薇の花びらで、先ほど虫だと思っていたものと形状が一致していた。

「やだ、本当だわ。私ったら早とちりして……騒いでごめんなさい」

「お前は昔から虫が大の苦手だったからな」

「ええ……でも、虫じゃなくて本当によかった」

安堵してドキドキ早鐘を打つ心臓に手を当てると、フニュッと柔らかな感触が手の平に伝わってくる。

「え？　あっ！」

私、裸……！

恐怖のあまりガウンを投げ捨てたことにようやく気付いて、ローズは両手を交差させて胸を隠す。

む、胸、見られちゃった……！

しかも腰に巻いていたブランケットまで弾《はじ》き飛《と》ばし、ショーツしか身に付けていない下半身が露わになっていた。

「や……っ……アルフレッド様、見ないでっ！　目を瞑《つぶ》って……！」

うずくまっていると、アルフレッドがうなじに唇を押し当ててくる。

「あっ……」

「見せてくれ」

「だ、駄目……きゃっ」

アルフレッドはいやいやと首を左右に振るローズを組み敷くと、胸を隠している彼女の手を左右に開いた。

豊かな胸がプルリと零れて、アルフレッドの熱を孕《はら》んだ瞳の前に露わとなる。ミルク色の肌が、羞恥心を感じてどんどん赤く染まっていく。

「綺麗な胸だな」

「……っ……恥ずかしいわ。見ないで……」

「お前から先に見せてきたんだろう？」

「違うの！　そんなつもりじゃなくて、虫だと思って、怖くて、頭が真っ白で……あっ」

口元を意地悪に吊《つ》り上げたアルフレッドは、「わかっている」と言って、また胸を隠そうと伸ばしたローズの手よりも先に、彼女の豊かな胸を包み込んだ。

「あっ……！」

「張りがあって、柔らかい。いい胸だ」

指が食い込むたびに、身体の中が熱くなっていく。揉《も》むたびに手をずらしていき、大きな胸を余すことなく揉んだ。

「ぁっ……やんっ……な、なんで揉むの……んっ……ぁんっ」

「先ほど言っただろう？　もう遠慮はしないと」

アルフレッドの手によって、豊かな胸が淫らに形を変える。

「……っ……ン……ぁっ……くすぐったい……」

指先で薄く色付いた乳輪を指先で撫でられると、肌が粟立《あわだ》って、胸の先端がじわじわと尖《とが》っていく。

「胸を揉まれるのはくすぐったいか。では、こちらを弄《いじ》られるのはどうだ？」

興奮でほんのり尖った先端を指の腹で捏《こ》ねくり回されると、くすぐったさの他に、気持ちいいむず痒さを感じる。

「ひゃぅっ！　ぁんっ……あっ……んんっ」

変な声が出てしまい、慌てて口元を押さえた。そんなローズを見て、アルフレッドはニヤリと意地悪そうな笑みを浮かべる。

「どうやら、くすぐったいだけではないようだ」

大きな手は指と指の間に尖った胸の先端を挟み込み、豊かなミルク色の胸を大胆に揉み抱く。揉まれるたびに、胸の先端が捏ねくり回され、甘い刺激が訪れる。

「んんっ……んぅっ……！　んんっ……！」

与えられた快感は胸の先端から、身体中に拡がっていく。

身体が――熱い。特に熱いのは、下腹部だった。キスをされた時と同じ……いや、それ以上に切なくて、少し動くだけでも音が聞こえるほど、秘部が潤んでいるのがわかる。

自分の音だから聞こえるのだろうか。それともアルフレッドにも聞こえているだろうか。

なんて恥ずかしいの。ああ、どうか気付かれませんように……。

「ローズ、口を押さえないでくれ」

「んっ……だ、だって……ぁんっ！　変な声……出ちゃう……」

「変な声？　可愛い声の間違いだろう。それに口を押さえていたら、キスができない」

口を押さえる手の甲にチュッとキスされ、ただでさえ熱い顔が更に熱くなる。

キスがしたい……。

ううん、駄目……アルフレッド様には好きな人がいるの。婚約を解消したら、エルザさんと付き合うはずだわ。それなのにキスするなんて、駄目よ。いけないことだわ。

わかっている。でも、止められない。

胸の先端をキュッと抓まれた瞬間、頭の中が真っ白になって、理性よりも本能が働く。

ローズは口を押さえていた手を退け、深い森のような瞳をトロリととろけさせ、アルフレッドを見つめる。

アルフレッドは誘うように薄く開いた赤い唇に、自身の唇を重ねた。

「んぅっ……ん……ふぅ……んんっ」

潜り込んできた長い舌は、あっという間にローズの小さな舌を捉えた。ヌルヌル擦り付けながら胸の先端を指で捏ねくり回されると、甘い快感が次々と襲い掛かってくる。

あまりにも下腹部や秘部が切なくて、お尻をモジモジ動かしてしまう。すると胸を揉んでいた大きな手が、ショーツの中に潜り込んできた。

「んっ！」

う、嘘！　そんなところまで……？

アルフレッドには好きな人がいるのだから、こんなことをしてはいけない。でも、愛おしい人に触れてもらえる機会は、これを逃したら、もうないだろう。

触れてもらいたい――だって、ずっと好きだったんだもの。

――道徳よりも、欲望が勝った。

傷を治して、婚約を解消することができたら、誰とも結婚することなく、一人で生きていきたい。もし結婚させられそうになったら、また一生残る傷をどこかに付けよう。

女性が一人で生きて行くというのは、難しい。辛いことはきっと多いはずだ。でも、愛しい人から触れてもらえた思い出を胸に抱いていれば、きっと耐えられる。

ローズは抵抗しなかった。

愛しい人の長い指が、花びらの間を滑った瞬間、クチュッと音が聞こえた。濡れている……アルフレッドを受け入れる準備ができている証拠だ。

「もう、こんなに濡れてくれていたのか」

アルフレッドは唇を離すと、クスッと笑う。

「……っ……お願い……恥ずかしいことを言わないで……」

真っ赤な顔をして涙目になるローズを見て、アルフレッドは切れ長の瞳を細めた。

「そうか。恥ずかしいか」

心なしか楽しそうに見えるのは、気のせいだろうか。

花びらの間を指で上下になぞられるたびに、今までに味わったことのない強い快感が身体中を駆け巡る。

「あっ……は……ぅっ……あぁ……っ」

「ここを撫でられるのはどうだ？　気持ちいいか？」

気持ちいいと認めるのは、いやらしい子だと自ら主張しているようで恥ずかしい。でも、取り繕う余裕なんてない。ローズはビクビク身悶えしながら、小さく頷く。

「そうか」

アルフレッドは満足そうに笑うと、花びらの間にある、小さな粒にそっと触れた。

「あっ……!?」

「ここを触れるのはどうだ？」

蜜を纏《まと》った指の腹で優しくスリスリ撫でられると、頭がおかしくなりそうなほどの快感が襲ってくる。

「んっ……ぁっ……はぅっ……ぁんっ……あぁっ……あっ……あぁっ！」

優しく触れられているだけなのに、すごく強い刺激を感じる。指の動きと共に身体がビクビク跳ねて、赤い唇からは次から次へと濡れた声が零れていく。

「気に入ったようだな」

膣口がヒクヒク疼《うず》いて、淫らな蜜がどんどん溢れるのがわかった。

気持ちいい。もっとそこを弄ってもらえたら、きっとさらなる快感を得られる気がする。

もっと、気持ちよくなりたい……。

でも、これ以上気持ちよくされたら、とんでもない醜態を晒してしまう不安に駆られた。

「……っ……ま、待って……だめ……も……だめ……アルフレッド様……っ……」

「どうした？　ここを弄られるのは嫌いだったか？」

「嫌いじゃない……けど、お、おかしくなりそう……で……見られるの……恥ずかしい……」

「ああ、それなら、まだ弄っていても構わないな」

アルフレッドはニヤリと笑い、人差し指と中指の間に敏感な粒を挟みこんで、上下に動かし始めた。

「あっ……あぁっ！　だ、だめ……アルフレッド様……私、本当におかしく……ぁっ……ぁぁっ……んんっ……はぅっ……」

指の間で敏感な粒が捏ねくり回され、甘い快感が全身を駆け巡る。

アルフレッド様に触れられるたびに、身体中が別の何かに作り変えられていくみたい。

「存分におかしくなるといい。そしてその姿を見せてくれ。見たい」

「そ、そんな……ぁんっ！　ぁっ……んんっ……あっ……あぁっ……はぅっ……あぁっ！」

アルフレッドはローズのツンと尖った胸の先端を舌で転がしたり、唇に挟みこんだりと刺激を与えながら、指を動かし続けた。

ああ、アルフレッド様が、私の乳首を舐めてる。

アルフレッドの手の形にショーツが盛り上がり、上下に動く光景や、形のいい唇や赤い舌が胸の先端を舐める様子はとても淫らで、恥ずかしいのに目が逸らせない。

お腹の奥が熱い。まるで火が付いているようだ。ショーツの中は淫らな蜜でぐっしょり濡れて、指が動くたびにグチュグチュいやらしい音が聞こえてくる。

足元からじわじわと何かが、頭を目指してせり上がってくるのに気付いた。その何かが上にくると、より快感が強くなる気がする。

「あっ……あぁっ……あぁ――……っ！」

緩やかに昇ってきていた何かは、太腿を越えた辺りで一気に加速し、頭の天辺《てっぺん》まで突き抜けて行った。

一際大きな嬌声《きょうせい》を上げてクタリとするローズを見て、アルフレッドは指を動かすのをやめた。

「達《い》ったか」

そう呟くアルフレッドは、嬉しそうな顔をしている。

いく……？　この気持ちいいのが、いくってことなの？

アルフレッドは指にたっぷり付いた蜜を舐め取ると、達したばかりで力が抜けているローズのショーツをずり下す。

「あっ……！」

「こちらも見せてくれ」

「み、見る？　や……っ……そこ……見るのは嫌……恥ずかしいから……」

しかし、力の入らないローズは、全く抵抗ができない。

足首からくるくる丸まったショーツを引き抜かれ、髪の毛と同じ色をした恥毛が露わになった。薄く生えている程度なので、割れ目がくっきり見えている。

「……っ……アルフレッド様、見ないで……」

「可愛いな」

「ん……っ」

花びらの間を指でなぞられる刺激にゾクゾク震えていると、両方の膝に手をかけられた。

「こちらも見せてくれ」

左右に開こうとしていることに気付き、慌てて膝に力を入れようとするけれど、全く力が入らない。

「だ、駄目……アルフレッド様、そこ見ちゃ……きゃっ」

抵抗するものの、力が入らないローズの足は、いとも簡単に開かれた。愛しい人の目に、最も恥ずかしい場所を映してしまう。

初心《うぶ》なそこは興奮と快感で、赤く色づいていた。達したばかりで花芽がヒクヒク疼き、小さな淫らな蜜がとめどなく溢れていた。

「こちらも可愛いな」

「……っ……そんなと、こ……可愛くないわ……もう、見ないで……」

触れてもらいたいと強く望んではいたけれど、見られることは想定外だ。

ああ、恥ずかしくて、死んでしまいそう……。

「いや、すごく可愛い。俺が世辞を言わない人間だということは、知っているはずだ」

「それは……そう、なのだけど……」

本人が親告するように、アルフレッドは社交辞令というものを使わない。昔からそうだ。

ローズの新調したドレスを似合うと思う時にはしっかり褒めてくれるが、そう思わないものは、否定はしないが、褒めない。

感想を求めれば、別のデザインのものが似合うと正直に言うし、ドレス以外のこともそうだ。それはローズだけに限らずに、他の者にもそうだった。社交辞令すら使えないのかと陰口を叩く者もいたが、多くの者は彼の正直な性格を好いていた。気難しいと有名な王まで、彼のことを気に入っているという話は広く知られている。

「で、でも、こんなところ、本当に可愛くないもの……見ないで……」

自分でもよく見たことがない場所だけれど、全く見たことがないわけではない。とても不思議な形をしていたし、排せつするところだってある。可愛いはずがない。

こんな場所を見られるのは、あまりにも恥ずかしい。彼の視線に耐えられなくなったローズは、顔を横に背けた。でも、横目に彼の姿が視界に入る。

えっ……？

だんだん近付いてきているのがわかって、恐る恐る顔の位置を元に戻す。

するとキスされそうなほどアルフレッドの顔が近付いているのが見えて、ローズはただでさえ熱い顔がより熱くなるのを感じる。

「やっ……アルフレッド様、そんなに近くで見ちゃ、駄目……ひぁっ⁉」

甘い刺激が訪れ、アルフレッドの目的が近くで見ることではなかったのだと気付く。赤く肉厚な舌が、花びらの間をジュルジュル音を立てながら舐め上げる。

「や……んんっ……そ、そんなとこ、口で……なんて……んんっ……だめ……っ……あっ……ひぁんっ……あっ……あぁっ！」

先ほどまで指で弄っていた敏感な花芽を唇でフニフニ挟まれたり、チュッと吸いながら、舌の表面でねっとりなめられると、指で弄られるのとはまた違う快感が襲ってくる。

とても恥ずかしい。それにそんなとこを舐めるなんて、アルフレッドの唇や舌を汚してしまう。

でも、あまりに気持ちよくて、やめてほしくない。

「ぁんっ……あっ……あぁっ……んんっ……あっ……んぅっ……はぁ……んんっ……あっ……あぁっ……！」

一度絶頂を覚えた身体は、快感を貪欲に受け止める。ローズは大きな嬌声を上げ、あっという間に絶頂に達した。

身体がとろとろに蕩《とろ》けて、指先すら力が入らない。まるでチョコレートにでもなったみたいだ。口に入れるとすぐに溶けて、なくなってしまう。

ローズが絶頂の余韻に包まれていると、とめどなく蜜を溢れさせている小さな膣口を指でな

ぞる。

「ん……っ」

「小さいな。挿《い》れたら、怪我をさせてしまいそうだ。うんと慣らさないと……ローズ、指を挿れるぞ。力を抜いていてくれ」

絶頂の余韻で身体がとろけたようになっている今、力を入れろと言われる方が難しいかもしれない。アルフレッドは脱力しているローズの小さな膣口に、指をゆっくりと埋めていく。

「――……っ……ぁ……」

誰の侵入も許したことのない狭い中が、指の形に拡げられていく。

初めてここに男性を受け入れる時は、とても辛い痛みがあると聞いた。でも、痛みはない。

その代わり、変な感じがする。

「痛いか？」

首を左右に振ると、ゆっくりと奥まで入れられた。

私の中に、アルフレッド様の指が……。

そう意識するとはしたなくも興奮して、身体が熱くなるのを感じる。

「想像以上に狭いな」

「それは……よくない、ことなの？」

恐る恐る尋ねると、アルフレッドが艶やかに微笑む。

「いや、むしろいいことだ」

「そう、なの？」

「まあ、男にとっては……だが。……この話はやめよう。女性にするような品のいい話ではなかった。すまない」

そのような言い方をされると、余計気になってしまう。本当にいいことなのだろうか。実はよくないことだから、誤魔化そうとしているのではないだろうかと疑心暗鬼になる。

「い、嫌……品がよくなくてもいいから、教えて？」

「だが……」

アルフレッドは少し迷う素振りを見せて口を噤《つぐ》んでいたが、ローズが泣きそうな顔をして見つめ続けていると、観念したかのように口を開いた。

「男は女性のここが狭いと、挿れた時に気持ちいいんだ。だから悪いことではない」

本当によいことだった。

安堵すると同時に、自分のそこがアルフレッドを気持ちよくさせることができるとわかって、とても嬉しい。

エルザの気持ちを考えると、そう思うことは最低なことなのだろうけれど……でも、やっぱりそう思ってしまう。

　エルザさん、ごめんなさい……。

　エルザに罪悪感を覚えていると、奥まで挿入された指がゆっくりと抽挿を始める。

「ぁっ……」

　やっぱり痛みはない。でも、身体の中を探られているみたいで、妙な感覚だ。引き抜かれる時にゾクゾク肌が粟立って、押し込まれると内側から少し圧迫感を覚える。

「ここを指で弄られるのは、どんな感じだ？　辛いか？」

「……んっ……へ、平気……辛くはない……けど、変な感じが……して……んっ……は……んぅっ……んっ……く……んぅ……っ」

「そうか。いずれこうして中を弄ることも、気持ちよくなるはずだ。ここを弄るのと同じくらいな」

　アルフレッドは中を指で弄りながら、敏感な花芽をしゃぶり始めた。まだ絶頂の余韻が覚めていない中、新たに快感を与えられると、頭がおかしくなりそうなほど気持ちいい。

「ひぁっ……!?　あっ……ぁんっ……あぁっ……んんっ……ぁっ……あぁっ……！」

　中を指で弄られながら、たっぷりと花芽を可愛がられたローズは、間もなくまた絶頂に達した。

とても緊張状態にあるはずなのに、絶頂に達すると、強い眠気が襲ってくるのは、なぜだろう。

中から指を引き抜かれてから一分も経《た》たないうちに、ローズは眠気に抗《あらが》えなくなり、そのまま意識を手放してしまった。

そして翌日、必死に隠していた淫らなナイトドレスを着せ直されていたのを見て、激しく後悔するのだった。

第四章　拒めない

汽車は定刻通り、十時に港町のアマゼッツに到着した。

車両の点検を含め、アマゼッツで四時間停車する予定だ。乗客はその間、自由に観光を楽しめる。

駅の外に出たローズは、大きく深呼吸をした。

気を遣っているらしく別行動すると言うライラと別れて外に出ると、海の音と共に海鳥の鳴く声が聞こえて、潮の香りが鼻孔を擽《くすぐ》る。

汽車の中は快適だったし、息苦しいとは思わなかった。でも、中と外の空気は、比べると段違いだ。

外の空気は澄んでいて、深呼吸をすると、指先までいきわたるみたいで、とても美味《おい》しい。

建物の間から海が見えるのが、内陸に住んでいるローズには不思議な光景だ。

「潮風って、なんだか落ち着く香りがするのね。私、この香り、好きだわ」

「海に来るのは、初めてか？」

「いいえ、うんと小さい頃に一度来たことがあるらしいのだけど、覚えてないの。でも、なんとなく懐かしい感じがするのは、記憶には残っていなくても、身体が覚えているのかも。アルフレッド様は？」

「俺も家族旅行で。まだ、アリーヌも生まれていない頃だったから、相当昔だな。十歳ぐらいだったか」

「十歳のアルフレッド様……想像できないわ。でも、きっと可愛いかったのでしょうね」

「そうでもない。両親からはないが、周りの大人からは随分ふてぶてしい子供だと言われたものだ」

「何それっ！　ふてぶてしいのは、そちらの方だわっ！　子供にそんなことを言うなんて、許せない！」

怒りを露わにしたローズは、ヒールを大きくカツカツ鳴らしながら歩く。アルフレッドは、そんな彼女を見て、ククッと笑う。

「大丈夫だ。今も昔も、全く気にしていない」

「本当？」

「ああ、本当だ。でも、お前が怒ってくれたのは、嬉しい。ありがとう」

アルフレッドはローズの頭を帽子越しに撫でると、彼女の手をギュッと握る。

「……っ」

心臓が大きく跳ね上がり、ローズは思わず小さな声を漏らした。

「痛かったか？」

「い、いいえ、大丈夫」

昨日、あんなことがあったせいで、アルフレッドを妙に意識してしまう。少しひんやりしている潮風が、熱くなった顔を優しく撫でてくれるのが心地いい。

「海……といえば、家族旅行よりも、騎士団の訓練の一環で来た時のことの方が思い出すな。あまりにも印象が強くて……」

「騎士団の訓練で、海に来るの？」

「ああ、毎年夏にな。日が昇ったと同時に泳ぎ出し、日が落ちるまでひたすら泳ぐ」

「えっ！　まさか、ずっと？」

「いや、食事の時間は二十分ほどあるし、休憩時間も一時間につき五分ある」

それは、ずっと泳いでいるのと、大して変わらないのではないだろうか……。

「とても辛い訓練なのね……」

「最初は冷たくて気持ちいいんだが、それはほんの一瞬だな。あっという間に辛いとしか思えなくなる」

「こ、今年も行くの？」

「ああ、でも、役職付きになってからは、監督役に回ることになっている」

「じゃあ、今年から訓練しなくていいの？」

「いや、五年ほど前からだな」

五年前といえば、アルフレッドが副団長に就任した時期だ。

「騎士団長だけじゃなくて、副団長も監視役なのね」

「ああ、そうだ」

「それだけ大変な訓練なんて、倒れてしまう方もいらっしゃるんじゃない？」

「そうだな。だが、想像よりは少ないかもしれない。倒れると基礎体力が足りない、たるんでいると言われ、通常訓練の他に、特別訓練が加えられるから、皆倒れないように必死だ」

「た、大変……」

皆、必死になるということは、相当辛い訓練なのだろう。

「まあ、かなりきつかったが、食事は楽しかった」

「美味《おい》しかったの？」

「ああ、海に泳いでいる魚を素手で取って、その場で焼いて食べた。調味料は何もなかったが、塩味が利いていて美味《うま》かった」

「素手で⁉　釣《つ》り竿《ざお》を使わずに捕まえられるなんて、すごいわ。そんなことができるの？」

「その辺に落ちていた木の枝を使って突き刺して捕ったり、岩場まで追い込んで捕まえたりだな。岩場では小さな蟹《かに》も釣れたぞ」

「すごいわ！　蟹も素手で？」

「いや、紐の先に干し肉を付けて、岩と岩の間に垂らすと、面白いほど釣れる。焼いて食べたらカリッとしていて美味かった」

こうして彼から騎士団の詳しい話を聞くのは、初めてのことだ。好きな人のことを知ることができて嬉しい。

この話、エルザさんも知っているのかしら……。

そう考えたら、胸の中がモヤモヤしてくる。

思わず俯いてしまうと、アルフレッドが心配そうに名前を呼んでくる。

「あ……ごめんなさい。なんでもないの。あの、後で時間があったら、砂浜も歩きたいわ。貝殻を拾いたいの」

せっかくのアルフレッドとの最初で最後の旅行なのに、暗いことばかり考えていては、勿体ない。

「ああ、行こう」

駅から少し歩くと、たくさんの店が並んでいる。建物を構えた店もあるが、露店はそれ以上にあった。

日焼けした中年男性が、大鍋で海の幸をふんだんに使ったパエリアを作っていたり、オリーブオイルでカリッと揚げたガーリックシュリンプ、魚の形をしたキャンディなどが売っていたりして、どこの店でも行列ができている。

美味しそうな匂いと、潮の香り、二つが合わさると、なんだかワクワクした。

食べ物を扱う店はどこも行列ができていたが、アクセサリーや雑貨を取り扱っている店は割と空いている。

「とりあえず外に出てきたが、ローズ、どこへ行きたい？」

「お買い物がしたいわ。お土産《みやげ》を買いたいの。後、それから個人的にも色々と……」

結局ぐっすり眠ったせいで、淫らなナイトドレスを見られた……どころか、着せられてしまったわけだけれど、二度は見られたくない。ちゃんとしたナイトドレスを購入したい。

「そうだな。俺も土産を買いたい。色々回ってみよう」

近場の店に入ると、アクセサリー屋だった。

貝殻で作られたアクセサリーはどれも愛らしい。瓶の中に船の模型が入っているものや、着色した色とりどりの砂と貝殻を入れた置物もたくさんある。

「このピンク色のネックレス、とっても可愛い。アリーヌに似合いそうだわ」

チェーンは白とピンクのビーズで作られていて、トップ部分はピンク色の二枚貝だ。ローズが付けるにしては幼すぎるデザインだが、アリーヌの年頃の女の子が付けたら絶対に可愛い。

「ああ、そうだな。アリーヌはピンクが好きだから、きっと喜ぶと思う」

「あ、でも、あの頃の年頃って背伸びしたくなるから、もう少し大人っぽいデザインの方がいいかしら。これとか」

金色のチェーンに、トップは白くて小さな二枚貝が付いているものを手に取る。先ほどのネックレスよりも少し大人っぽいデザインだ。

アリーヌの顔を思い浮かべながら、ローズは真剣に悩む。そんな横顔をアルフレッドが熱い視線で見つめていることに彼女は全く気付いていない。

「アリーヌのために気を遣わせてすまないな。ありがとう」

「え、とんでもないわ。気を遣ってるんじゃないのよ。私が勝手に、アリーヌの喜ぶ顔が見たいだけだもの」

「そうか。ありがとう」

「ねえ、こっちの可愛いネックレスと、少し大人っぽいネックレスなら、アリーヌはどちらが喜ぶかしら？」

二つを手に取って、アルフレッドに見せる。彼は眉を顰めて、首を傾げる。

「どちらもすごく喜びそうだが、どちらが上か……と聞かれると、うーん……俺はこういったことに疎くてな。よくわからない」

確かに男性には、難しい質問だったかもしれない。きっとローズも「どちらの鞍《くら》の方が、この馬に映えると思う？」なんて聞かれたら、全くわからない。

「ありがとう。もうちょっと考えさせてね」

ローズが再びどちらがいいか悩んでいると、アルフレッドが彼女の後ろに並べられていた白い貝殻のイヤリングを手に取った。

「アリーヌがどちらを気に入るかはわからないが、お前にはこのイヤリングが似合うと思う」

小さな白い貝殻が、ゆらゆら揺れてとても可愛らしい。でも、留め具が品の良い落ち着いた金色なので、子供っぽくはない。

「本当？　とても素敵だわ」

「気に入ったか？」

「ええ、とても。自分へのお土産に買うわ。いただける？」

ローズは手を出すが、アルフレッドがイヤリングをくれる様子はない。

「アルフレッド様？」

「俺が贈りたい。アリーヌへの土産をどちらにするか決めたら、それと一緒に会計をすることにしよう」

「えっ！　そんなの駄目よ。アルフレッド様に買ってもらったら、私からアリーヌへのお土産じゃなくなっちゃうもの」

「そうか。では、お前のイヤリングだけは俺に買わせてくれ。先に会計をしてくる」

アルフレッドはスタスタとレジへ向かい、ローズが戸惑っているうちにさっさと会計をし、包装まで済ませた。

「受け取ってくれ」

「い、いいの？」

「もちろんだ。今度付けているところを見せてくれ」

「ありがとう！　今すぐ付けたいわ。あ、でも、未購入の商品と間違えられたら困るわね。店員さんに許可を取ってから付けるわ」

この旅の思い出の品が欲しいと思っていたが、まさかアルフレッドから贈ってもらえるだなんて思わなかったから、とても嬉しい。

店員に許可を取り、鏡を借りて早速付けてみる。顔を左右に動かすと、貝殻がゆらゆら揺れ

「よく似合ってる」

「本当？　ありがとうっ！　大切にするわね！」

満面の笑みを浮かべて喜ぶローズを見たアルフレッドは、微笑ましいといった様子で口元を綻ばせる。

「アリーヌのネックレス、白いものにしようと思うの。アルフレッド様に買っていただいた私のイヤリングと同じ貝殻を使ってるし、お揃いにできるわ」

「そうか。どんなものでも、アリーヌはお前と揃いのものが一番喜ぶだろうな。俺は何を贈ろうか……悩むな」

「まだ初めの街だもの。これからもっといいものがあるかもしれないわ」

「そうだな。俺は土産を選ぶのはあまり得意じゃない。よかったら選ぶのを手伝ってくれ」

「もちろんだわ。えっと、アリーヌとおじさま、おばさま、騎士団の皆様に……」

「後はジャンだな。奴《やつ》の土産だけは簡単だ。食べ物が一番喜ぶ」

「ふふ、そうね。私もお土産には食べ物をリクエストされたわ。……えーっと、後、お土産を買っていく方は？」

「これで終わりだ」

エルザの名前が出てこなかったことに引っ掛かりを覚えて、思わず「えっ」と声を出してしまう。

「どうした？」

「あの、本当に終わり？」

「ああ、誰か忘れてるか？」

「いえ、えっと……」

アルフレッドとの最初で最後の旅行なのに、エルザの名前を出したくない。思い出してすらほしくない。でも、どうしても気になって、結局は聞いてしまった。

「……エルザさん、には？」

「必要ない」

アルフレッドは、きっぱりと答えた。少しも迷う様子はない。

好きな人なのに、お土産は買わないの？

そんな疑問を思い浮かべた後、ローズはハッとする。

お土産を渡すはずがない。他の女性と……しかも、自分から婚約者を奪った憎い女性との旅行で買ったお土産を渡すなんて、嫌がらせとしか思えない。無神経にもほどがある。

「……っ……そ、そうよね。ごめんなさい」

気まずさから逃げ出すようにレジへ向かい、会計を済ませて、店を後にした。

「ランチは海の見えるレストランはどうだ？」

「わあ！　海を見ながら食事ができるなんて、とっても素敵だわ。楽しみ！」

「では、そうしよう。混むだろうから、少しだけ早く向かうか」

「ええ、そうね」

先ほどの気まずい空気が残っていないことに安堵し、ローズは密かに胸を撫でおろす。

「……海の近くだし、海の幸が頂けるのかしら」

「そうだろうな。お前は肉料理より、魚料理が好きだし、きっと楽しめるだろう」

「楽しみだわ。あ、パエリアはあるかしら」

「さっき露店で売っていたものを見て、食べたくなったな？」

「ふふ、バレた？　だって、すごく美味しそうだったんだもの」

「確かにあれは美味しそうだった」

他愛のない話を楽しみながらあちこちを回っていると、ナイトドレスを取り扱っている店を遠目で発見した。

よかった！

今夜はまともなナイトドレスで、眠ることができそうだ。

「アルフレッド様、そこのお店に寄りたいのだけど……」

「ああ、行こう」

「ひっ……一人で！　ごめんなさい。どうしても一人で見たいものがあって……あの、すぐに終わるから……」

ナイトドレスを見たいとは、さすがに恥ずかしくて言えないローズは、なんとか濁そうとするが、店の看板を見て、色々と察したらしい。

「わかった。店の外で待っているから、ゆっくり見てくるといい」

「ありがとう！　えーっと、あの、少し離れた所で待っていてもらえる？」

店にはもちろん窓が付いている。ナイトドレスを選んでいるところが見えてしまったら、恥ずかしいからだ。

「わかった」

了承してもらえたことに安堵し、ローズは笑顔を浮かべた。

「ありがとう。行ってくるわね」

上手く誤魔化せたと思ったローズは、笑顔で店の中に入った。

ドアを開けると、来客を知らせるために設置されていたベルが揺れて、カランカランと鳴る。

店の中には、たくさんのナイトドレスが展示されていた。手前は無難なもので、奥に行くほど少し大胆なデザインのものが並べられている。

どれにしようかしら……。

奥の扉を開けて、店員が出てくる。濃い目の化粧に、赤いワンピースにエプロンドレスを着た若い女性で、年齢はローズと変わらなさそうだ。

「いらっしゃーい。本日は何をお求めで？」

ローズの姿を見つけた店員は、ニコッと笑って彼女に近付く。随分と気さくな感じだ。

「あの、ナイトドレスを……透けなくて、ちゃんと胸元が隠れていて、丈が長い物がいいんですが……」

「大人しめのヤツね。手前は全部そんな感じだから、好きに手に取っていいよ。奥には試着室もあるから、気になったものがあったら声をかけて」

「ありがとうございます」

本当なら試着した方が自分にあったものが買えるのだろうけれど、さすがにそこまでアルフレッドを待たせるわけにはいかない。すぐに選んで出よう。

「お客さん、アマゼツには旅行に？」

「ええ、そうなんです」

「左手の薬指に指輪……ということは、旦那さんと？」

「い、いえ、その、一応、婚約者……と、です」

心の中で、「今だけの……だけれど」と付け足す。

さすがに詳しい事情は、初対面の人に話す気にはなれない。

「あら、そうなの。旅行中にうちの店に立ち寄ってくれたってことは、替えのナイトドレスが足りなかったたって感じかしら？」

「そうなんです」

「婚約者との旅行なのに、そんな落ち着いたものでいいの？　もっと大胆なものにした方が喜ばれるんじゃない？」

「い、いえ、とんでもないです」

既に持っているのよ。それも、大量に……。

心の中で、思わず呟いてしまう。

「あの、これをください」

無難なものを選んで、店員に手渡す。旅行中は洗濯ができないため、結構な枚数となった。

「たくさん買ってくれてありがとう。うーん……こういうシンプルすぎるナイトドレスには、アクセサリーがあった方がいいと思うわ。彼と一緒の部屋なんでしょ？」

「え、ええ……」

「一人寝なら別におススメはしないんだけど、彼と一緒なら別！　絶対にアクセサリーがあった方がいいわ。結構流行《はや》ってるのよ～」

「そうなんですか？　あ、でも、選んでいる時間がなくて……」

「大丈夫！　そんなに時間はかからないから」

店員に押し切られ、ローズは彼女に選んでもらったアクセサリーを購入することにした。時間がないのでサッとしか見ていないが、イヤリングだった。眠る時にもイヤリングをする習慣があったなんて、知らなかった。

邪魔じゃないのかしら……。

「たくさん買ってくれてありがとう。おまけにこの薬をプレゼントするわね」

「それは？」

「夜を楽しむことができる飲み物よ。それを飲んだら、彼を悦《よろこ》ばせることができるから試してみて」

「喜ばせることが……」

どうしてこれを飲むと、アルフレッドを楽しませることができるのだろう。よくわからないけれど、彼が楽しんでくれるものをもらえたのは嬉しいことだ。

「ベッドに入る前に飲んでね」

「わかりました。ありがとうございます」

紙袋に入れてもらった大きな荷物を受け取り、店を出た。荷物が大きすぎて、前が見えない。

アルフレッド様は、どこにいるのかしら。

「こんにちは」

「えっ」

若い男性に声を掛けられ、驚いたローズはビクッと肩を震わせる。大きな荷物で目の前が見えなかったので、近寄ってきたのが全然わからなかった。

「驚かせちゃったかな？　ごめんね」

「い、いえ」

「すごい荷物だね。よかったら、俺が持とうか？　その代わりちょっとお茶に付き合ってくれたら嬉しいんだけど……」

「大丈夫です。一人で持てます」

「そんなこと言わないでさぁ……あっ」

突然荷物が持ち上がり、手から離れて行った。良好になった視界に、若い男性を睨み付けるアルフレッドの姿が映る。

「アルフレッド様！」

「その女性は俺の婚約者だ。何か用があるなら、俺を通してもらおうか」

「い、いえ、なんでもないです」

若い男性は苦笑いを浮かべると、そそくさと去っていく。

「遅くなってすまない。ご老人に道を聞かれていた」

「私の方こそお待たせしてごめんなさい。その方は大丈夫？」

「ああ、近くの露店の店主に、道を教えてもらえるように頼んできたから心配ない」

「そう、よかった」

「随分買ったな」

ローズが持つと目の前が見えないほどの大きい包みなのに、身体の大きなアルフレッドが持つと小さく感じる。

「あ、持たせてしまってごめんなさい。私、自分で……」

「大丈夫だ」

アルフレッドは片手で荷物を持ち、もう一方の手でローズの手をしっかり握る。

気になる店を全て回ったところで、二人は予定していたレストランへ向かった。昼食を取るには少し早い時間だったけれど、今朝は昨日の夜のことを思い出して胸がいっぱいで、あまり朝食を口にできなかったので、この時間でちょうどいい。

パエリアを食べることができたローズは、大満足だった。そして列車の発車時刻までまだまだ余裕があったので、彼女の希望通りに浜辺へ向かう。

水面に太陽の光が反射し、キラキラしてとても綺麗だ。

覚えていないが幼い頃、家族でこのように海を眺めたのだろうか。存命だった母は、どんなことを思っただろう。

歩くとヒールが砂に埋まり、砂がどんどん靴の中に入ってくる。人目を忍んで靴の中の砂を捨てるが、またすぐに大量に入ってくるので諦めた。

砂浜にはたくさんの貝殻が落ちていて、ローズは綺麗な形のものを拾っていく。

「アルフレッド様、見て、見て、こんなに大きな貝殻が落ちていたわ」

「本当だな。しかも、どこも欠けていなくて、綺麗な状態だ」

「あっ！　あっちにもたくさん落ちているわ」

楽しそうに貝殻を拾うローズを見て、アルフレッドは瞳を細めた。

「騎士団の訓練で海へ来た時に、土産を買う時間はなかったが、せめて綺麗な貝殻をお前に拾って行こうと思って、ピンク色の愛らしい物を拾ったんだが……」

「え、本当？　でも、いただいた記憶がないわ。それっていつ頃？　あまりに小さすぎて、忘れてしまったのかしら」

「いや、実はズボンのポケットにいれていたら、割れてしまったんだ。うっかりしていた」

「ええっ！　ふふ、アルフレッド様でもそんなうっかりをするのね」

割れた貝殻を見てため息を吐くアルフレッドを想像し、ローズはクスクス笑う。そんな彼女を見て、アルフレッドも口元を綻ばせた。

「まあな」

「ふふ、でも、割れていても、アルフレッド様の拾ってくださった貝殻……欲しかったわ」

「そんなに貝殻が好きだったのか？」

「そうじゃなくて、アルフレッド様が私のためにせっかく拾ってくれた貝殻だもの。私、頂いていたら、宝物にしたわ」

また柔らかく微笑んだアルフレッドは、ローズとの間を詰めて腰を屈め、彼女の赤い唇をチュッと吸った。

「……っ⁉」

突然のキスに驚いたローズは、せっかく拾った貝殻を全て落としてしまう。

「ローズ、貝殻が落ちたぞ」

「だ、だって、アルフレッド様が……っ……その、驚いて……」

「そうか、驚かせてすまなかったな」

アルフレッドは帽子の上からローズの頭を撫でると、彼女が落とした貝殻を拾って、ハンカチに載せていく。

　このまま時が止まればいいのに……。

　叶わないとわかっていても、ローズは不毛な願いを思い浮かべてしまう。

◆◇◆

「ええっ⁉　本当にこんないつものようなナイトドレスをお召しになるんですか？　せっかくローズお嬢様に似合うものを用意してきたのに……」

　ライラに手伝ってもらって入浴を済ませたローズは、買ってきたごく普通のナイトドレスを着てライラに見せた。

「間違えたわけじゃなくて、わざわざ用意してきたのっ⁉」

「そうですよ。頑張って選んだ私の気持ちを汲《く》むと思って、今夜はやっぱり私が用意してきたナイトドレスを……」

「む、無理無理無理無理っ！　無理よ！」

　即答されたライラは、がっくりと肩を落とす。

「それにしても、どうしてあんなナイトドレスを持ってきたの？」

ライラは少しだけ考える素振りを見せ、にっこりと笑みを浮かべる。なんとなく含みがあるというか、裏のあるような表情に見えるのは、ローズの気のせいだろうか。

「以前からこういったナイトドレスがお似合いだと思っておりましたの。でも、屋敷では『こんなの嫌。いつものを持ってきて』と仰《おつしや》られてしまうかもしれませんが、こういった場ですと、用意してきたもの以外はございませんから、ずっと着ていただけるかと思いまして」

「そ、そういう作戦だったのね……」

でも、それだけじゃないような気がするのは、ローズが疑心暗鬼になっているだけだろうか。

「……ふふ、信じてくださって、ありがとうございます」

「え、信じてってことは、違うの？」

「いえいえ、本当ですよ。うふふ」

あ、怪しい……！

ガウンの紐を結んでバスルームを出ると、アルフレッドが本を読んで寛いでいた。

ローズが先にバスルームを使ったので、彼はまだ入浴していない。クラヴァットやアクセサリーを取って、できるだけ楽な恰好《かつこう》をしている。

「アルフレッド様、お待たせしてごめんなさい」

「気にしなくていい。ゆっくりできたか？」

「ええ、ありがとう」

「では、俺も入ってくる」

アルフレッドは着替えを持って、ローズと入れ替わりにバスルームへ入っていく。

「ローズ様、お休みの前にお茶をご用意いたしましょうか？」

「そうね……」

ふと、ナイトドレスの店で飲み物を貰ったことを思い出す。そういえばベッドに入る前に飲めと言われていた。

「今夜は大丈夫よ。ありがとう」

「では、私はこれで失礼致しますね」

「ええ、ありがとう。気を付けて帰ってね」

「お気遣いありがとうございます。おやすみなさいませ」

「おやすみなさい」

ライラが帰るのを見届けたローズは、鞄に入れておいたジュースを取り出した。

どんな味がするのかしら……。

小瓶に入ったジュースは、薄ピンク色をしている。色から察するに、ベリー系だろうか。

ソファに座り、グラスに移して匂いを嗅ぐと、予想通りベリーの香りがする。恐る恐る口にすると、甘酸っぱい味が口に拡がった。

あ、美味しい……。

冷えていたら、もっと美味しかったに違いない。グラス半分ほどの量しかなかったので、あっという間に飲み干した。

それにしても、このジュースを飲むとアルフレッド様を喜ばせることができるって、どういうことなのかしら……。

実はこれはジュースじゃなくてお酒で、楽しい気持ちになって、明るい雰囲気にすることで喜ばせる……とか？　ううん、でも、お酒の味はしない。

何かの冗談だったのだろうか。

「ん……」

なんだか、身体が熱い。

お湯に浸かりすぎたかしら……。

ガウンを脱いで、ナイトドレスだけになった。全身しっとり汗ばんで、顔が火照っていた。

心臓の鼓動がだんだん速くなっていって、熱い吐息が零れる。

これ、やっぱりお酒だったのかしら？　でも、お酒を飲んだ時、眠くなっても、こんな症状にはなったことがない。

私、どうしてしまったのかしら……。

新しいグラスに水を注いで飲んでみるが、身体の火照りは治まらない。それどころか時間が経つにつれて、秘部が疼き始めていることに気が付いた。

な、何……？

どうしていきなり、こんなところが疼き出すのだろう。まるでアルフレッドにキスされたり、胸を弄られた時みたいだ。

「んっ……はぁ……はぁ……」

身体がどんどん敏感になっていく。列車の揺れですらも刺激と受け取ってしまい、ローズは甘い吐息を零す。

私、どうしてしまったの……？

自分で触れたくなってしまう衝動まで襲ってきて、ローズは首を左右に振って、その欲求に抗う。

今のジュースのせい？　アルフレッド様を楽しませるどころか、私の身体が大変なことになってしまったわ……。

秘部が疼いて仕方がない。座っていると、列車の振動がそこに響いて切なくなる。横になった方が、楽になるだろうか。

ソファから立ち上がったローズは、よろよろとベッドへ向かう。歩くたびにクチュクチュ淫らな音が聞こえてきて、自分が濡れていることに気付いた。

やだ、私、どうして……。

「んぅ……っ」

ベッドへ向かう振動すら、甘い刺激となって襲ってくる。

歩くたびにコルセットを付けていない胸が上下に揺れて、ナイトドレスに胸の先端が擦れる。いつもなら何も感じない刺激なのに、胸の先端はたちまち尖り始め、布をツンと押し上げた。

ああ、膝から力が抜けてしまう。

「はぁ……はぁ……っ……ン……はぁ……はぁ……」

ベッドの一歩手前で膝から崩れ落ちたローズは、手を伸ばしてブランケットを掴み、下腹部に襲ってくるあまりにも強い疼きに悶《もだ》える。

どうしたら、いいの……。

小さな膣口は荒い呼吸と共にパクパク収縮を繰り返し、淫らな蜜を溢れさせていた。あまりにも大量に溢れすぎて、ショーツは水でも零してしまったかのようにグショグショだ。

こんな姿、アルフレッドに見られたら一巻の終わりだ。いきなり欲情するなんて、救いようもない淫らな女だと思われてしまう。

アルフレッドがバスルームから出てくるまでに、元の身体に戻らなくては……。

「う……んっ……は……ぅぅ」

でも、一向に治まる様子はない。

何事もなかったかのように演技する？

ううん、とてもじゃないけど、無理だ。現状を打破できずにいると、バスルームの扉が開いた。

「ローズ、どうした!?」

ベッドの手前で膝を突いていたローズを見て、アルフレッドが慌てた様子で駆け寄ってくる。

きっと具合が悪くなって、ベッドまで辿り着けなかったように見えたのだろう。

「……っ……大丈夫……」

「大丈夫なわけがないだろう。湯あたりしたか？　それともどこか辛いのか？」

アルフレッドに肩を抱かれた瞬間、身体がビクンと跳ね上がった。

「ぁンっ……！」

敏感になっていたのは胸の先端や秘部だけでなく、身体全体だったらしい。ローズは大げさなほどいやらしい声を出してしまい、顔を真っ赤に染める。

「ローズ？」

頬は薔薇色に染まり、赤い唇からは淫らな吐息が零れていた。お尻をモジモジ動かし、胸の先端がナイトドレスを押し上げている姿を見たアルフレッドは、ローズの身体に何が起こっているのかを悟る。

「どうして急にこんなことになった？」

アルフレッドは全身敏感になっているローズを抱き上げると、ベッドに寝かせてくれた。

「……っ……さっき、お買い物をした店で貰ったジュースを飲んだら、変になってしまって……っ……ん……ぅ……」

「ジュース？　ああ、あれか」

アルフレッドはソファへ向かい、ジュースの瓶を持ち上げると縁に残っている液体の匂いを嗅いで、ペロリと舐めた。

「毒ではなさそうだな」

「ベッドに入る前に飲めば、アルフレッド様を喜ばせることができるって……教えてもらって……っ……は……んんっ」

花びらの間があまりにも切なくて耐えられなくなり、ローズは足と足を擦り合わせる。

「具合が悪いわけではないな？」

ローズが真っ赤な顔で頷くと、再びベッドに戻ってきたアルフレッドが、身悶えして捲れ上がったナイトドレスから覗《のぞ》いている太腿を撫でた。

「ぁんっ！」

「身体が疼くのか？」

恥ずかしくて何も言えずにいると、太腿を撫でていた大きな手が、ショーツの上から花びらをなぞられる。

「んっ……ぁっ……あぁっ……」

指が動くと、クチュクチュ淫らな音が聞こえてきた。欲情している証だ。

「そのようだな」

恥ずかしい……。

「喜ばせる……悦ばせる。そういう意味か。なるほどな」

「そういう……意味？」

「お前が飲んだのは、媚薬《びやく》だ」

「えっ……」

あれが、媚薬……⁉

貴族女性が集まるサロンでは、たびたび淫らな話をすることがある。ローズは聞き役だったが、その際に耳にしたことはある。飲むと一時的に淫らな身体になるという薬だったはずだ。

自分には縁遠い物だと思っていたが、まさか飲んでしまうなんて……。

「ベッドに入る前にこれを飲めば、身体が疼いていやらしくなれる。そういった意味で、俺を悦ばせると言ったのだろう」

「ど、どうしたら、普通に戻れるの……?」

「しばらくは続くだろうな」

「そんな……」

こんな淫らな姿、これ以上アルフレッド様に見られたくない。いやらしい女の子だって、嫌われてしまうわ。

「……っ……わ、私、今日はバスルームで休むわ……」

「なぜだ?」

「だって、私、こんなことになると、思わなくて……は、恥ずかしい姿、見られたくな……あっ」

アルフレッドは起き上がろうとしたローズを組み敷くと、ツンと尖って主張している胸の先端をナイトドレスの上から撫でた。

「ぁんっ!」

甘い刺激が襲ってきて、力が抜けてしまったローズは、起き上がらせようとした身体を再びベッドに埋めた。

「俺は見たい。俺を悦ばせてくれるのだろう？」

「ち、違うの。変な意味じゃなくて、純粋な意味で喜ばせたくて……」

「どちらにしても嬉しい」

布の上から胸の先端を爪でカリカリ引っ掻かれると、じれったい刺激がやってきて、ローズはビクビク身体を震わせる。

「あぁっ……！」

弄られたことで、尖りの硬さが増していく。

媚薬がどんどん効いてきているのか、それともアルフレッドに触れられているからなのか、身体がさらに敏感になっていっているみたいだ。

「昨日と違って、大人しいナイトドレスだな？　だが、乳首が浮き上がって、昨日以上にいやらしく見える」

「み、見ちゃ……嫌……は……ぅっ……んんっ」

「それは無理な願いだ。どうして今日は大人しめのものなんだ？　気分によって変えているのか？」

アルフレッドは質問しながら、胸の先端を執拗《しつよう》に弄りながら、

「……っ……ン……ぅ……ち、違うの……いつも昨日みたいなのを着てるわけじゃなくて……あれは、ライラが勝手に用意して、それしかなかったから着ただけ……で……」

「ああ、だから、さっきわざわざナイトドレスを買いに行ったのか」

き、気付かれていたのね……。

「ライラには礼を言わないとな」

「んっ……どうして……？」

「こういったデザインのものも似合っているが、ああいった淫らなものも似合っていた。これからも着てくれ」

「そっ……そんなの、無理……っ……ぁんっ！」

尖りをキュッと抓まれたローズは、途中で言葉を喘《あえ》ぎに変え、腰をビクンと跳ね上がらせた。そこを触られるたびに、下腹部の疼きがさらに強くなる。

胸の先端を弄りながら、アルフレッドはもう一方の手でナイトドレスのボタンを外していく。一つ一つ外されていくたびに、冷たい空気が入り込んできて、熱く火照った肌を撫でた。

「あっ……脱がせちゃ……だめ……」

「直接触った方が気持ちいいだろう？　それに俺も見たい」

ミルク色の肌は汗ばみ、薄らと赤く染まっている。冷たい空気に撫でられるのは心地いい。

でも、そう感じると同時に、羞恥心が襲ってくる。

ナイトドレスを脱がされたと同時に、両手を交差させて胸を隠す。

「こら、隠すな」

「だって……恥ずかしくて……」

「……それなら、こちらを可愛がることにしよう」

こちら？

胸を隠したローズが首を傾げると、ぐしょ濡れになったショーツをずり下され、秘部を露わにさせられた。

「きゃっ……」

足を左右に大きく開かされた瞬間、濡れた花びらの間が剥《む》き出しになり、クチュリと淫らな音が聞こえる。

花びらの間は赤く熟れ、敏感な粒はプクリと膨れてヒクヒク疼き、小さな穴からはとめどなく淫らな蜜が溢れていた。

「もうこんなことになっていたのか。すごい効果だな」

顔を近付けられ、敏感なそこに息がかかる。それだけの刺激で媚薬が効いている身体は感じてしまい、腰がガクガク震える。

「や……ぁ……そんな近くで、見ないで……」

「見なければいいのか？　では、舐めるとしよう」

「えっ……ひぁっ⁉」

肉厚な舌で敏感な粒をヌルリと舐められると、あまりにも強い刺激がやってくる。唇に根元から挟まれ、強く吸われたローズは、あっという間に絶頂へ押し上げられた。

「ぁっ……あぁっ――……！」

身体から力が抜けて、胸を隠していた手が自然とベッドに落ち、豊かな胸がプルンと零れる。

おかしい……。

達すると身体が満足感でいっぱいになるのに、どんどん飢えていくみたいだ。これが媚薬の効果なのだろうか。

「ようやくこちらも可愛がることができるな」

アルフレッドは身体を起こすと、片手で豊かな胸を揉み抱き、興奮で赤く尖った先端にしゃぶりつく。

「あっ……！」

同時に指で花びらの間を弄られ、ローズは甘い快感に酔って甘い嬌声を上げ、身悶えを繰り返す。

「んっ……ぁっ……はぅっ……んんっ！　あっ……あぁっ……ぁんっ！」

ヒクヒク疼いて泉のように蜜を溢れさせている膣口に、長い指をヌプリと押し込まれた。

「あっ……な、中……」

「ああ、今日も慣らしていかないとな」

「ぁんっ……あっ……んんっ……は……ぅっ……んんっ……んぅっ……」

指を押し込まれるたびに、熱くて堪らないお腹の奥がキュンと疼く。昨日は変な感覚だったけれど、今日はなんだか気持ちいい。

「んっ……ぁ……んんっ」

膣口が自然と収縮し、ローズは無意識のうちにアルフレッドの長い指を強く締め付ける。彼はクルリと拡げるように指を動かしながら、抽挿を繰り返す。

「中を弄られるの、少し気持ちよくなってきたか？」

「……っ……ン……どうして……わかるの……？」

「中の締め付けが強くなったからな」

そう言われて意識すると、中がキュウキュウ収縮しているのが自分でもわかる。親指で敏感な粒を撫でられると、また膣道が強くギュッと締まった。

「ぁんっ！」

「ほら、な？」

「は……んんっ……恥ずかし……」

「可愛いな」

アルフレッドは口元を綻ばせると、ローズの甘い吐息を零している唇を深く塞いだ。ヌルヌル舌を擦り付けられるたびに、膣道が激しく収縮する。

敏感な粒をプニッと押し潰された瞬間、ローズは激しく指を締め付け、再び絶頂に達した。

「ンー……っ」

唇を離したアルフレッドは、収縮を繰り返す中をゆっくりと掻《か》きまぜながら、絶頂に痺れるローズの淫らな表情を満足そうに眺めた。

ああ、駄目……私、また、触ってほしいって、思ってる。もっと、気持ちよくしてほしい。達した傍から、刺激への渇望が生まれてくる。いや、それどころか昇り詰めるたび、カラカラに乾いていく。

もっと、もっと、気持ちよくなりたい。

「……っ……アルフレッド……様……」

「なんだ？」

「わ、私……変なの……辛くて、変なの、治まらない、の……っ……ン……は……ぅっ……んんっ……」

あまりにも切なくて、ローズは足の間を狭め、敏感な粒と膣道を刺激し続けているアルフレッドの手をギュッと締め付けてしまう。

「薬が切れるまでは、このままだろうな」

「そんな……」

思わず涙目になってしまうローズを見て、瞳に熱を灯《とも》したアルフレッドが、膣道に指を埋めたまま、達した余韻で痺れている秘部全体を手の平で包み込み、胸を刺激するかのようにフニュフニュ揉む。

「ぁんっ！」

「大丈夫だ。お前が治まるまで、こうしてずっと気持ちよくしてやる。……だが、俺も限界だ。一緒に気持ちよくならせてくれ」

一緒に……？

アルフレッドは膣道に埋めていた長い指を引き抜くと、自身の下履きの紐を解く。大きくなった欲望を取り出したのを見て、ローズはとろけた瞳を大きく見開いた。

想像を遥《はる》かに超える大きさで、とても長くて、太さはローズの手首以上だ。

アルフレッドが、挿《い》れたら怪我をさせてしまうかもしれないから、慣らさないといけないと言っていたが、ようやく意味がわかった。

昨日は舌や指で愛撫《あいぶ》されるだけで終わったが、一緒に気持ちよくならせてくれ……ということは、今日は挿入するのだろうか。

思わず凝視してしまうと、アルフレッドが唇を綻ばせる。

「安心しろ。今日は挿れない」

「え……でも、どうやって、アルフレッド様も気持ちよくなるの？」

「手を借りるぞ」

「あっ」

アルフレッドは花びらの間に大きな欲望を挟めて、ローズの手で上から押さえさせる。しっとりしていて、とても熱い。

私、アルフレッド様のを触ってる……！

ローズが戸惑っていると、アルフレッドは腰を動かし、彼女の手と花びらの間に欲望をヌルヌル擦り付け始めた。

「ぁんっ……！　あっ……あぁっ……！」

「ほら、こうすれば挿れなくても、一緒に気持ちよくなれるだろう？」

「ぁっ……んんっ……アルフレッド様も……こうすると、気持ちいい、の……？」

「ああ、気持ちいい」

アルフレッドの頬が徐々に赤く染まっていき、さっきまでローズの淫らな場所を可愛がっていた唇から、甘い吐息を零す。

彼の乱れた表情を見ると、お腹の奥がさらに熱くなっていくのを感じる。

アルフレッドが腰を動かすたびにグチュグチュ淫らな音が響いて、敏感な粒が欲望のくびれに引っかかり、擦れて気持ちいい。

「あっあっ……ぁんっ……ふぁ……あぅっ……ン……！　あっあっ……あぁんっ……！」

「気持ちいいし、それに絶景だ」

腰を振りながら、アルフレッドがニヤリと笑う。

絶景？　でも、窓にはカーテンがしっかりとかかっていて、少しの隙間も空いていない。

アルフレッドの視線の先を見ると、上下に揺れる豊かな胸だった。

「あんっ……や……っ……み、見ちゃ、だめ……んっんっ……あっ……あぁっ……んぅっ……！」

「それは無理だ。見たい」

「やぁ……っ……！　ぁんっ！　ぁっ……あっ……あっ……あぁっ……！」

胸を隠したいのに、あまりに感じすぎて、空いている方の手を胸に持ってくるどころか、指一本動かすことすらできない。

こんな淫らな姿を大好きな人に見られるなんて、恥ずかしい。そう思っているのに、心のどこかで、興奮してしまっている自分がいる。

「ぁっ……！」

ローズが再び快感の頂点へ昇り詰めると、アルフレッドが腰の動きを速めていく。

達したばかりの敏感な身体にはあまりには刺激的で、また足元からじわじわと快感が上ってくる。

「俺も達きそうだ。一度出させてくれ」

出すって、何を？

よくわからないけれど、達きそうだということは、アルフレッドも気持ちよくなるということだ。

アルフレッド様にも、気持ちよくなってほしい。

ローズが真っ赤な顔を頷かせると、アルフレッドは腰を激しく動かし、ローズの手と花びらの間で欲望を弾けさせた。

「あっ……！」

大きな欲望がドクンドクンと脈打って、それと同時に淫らな白濁液が花びらの間に溢れた。

何を出すのか、ローズはようやく理解する。

「予想以上に出た。汚してしまったな。後で綺麗にしてやるから、許せ」

「じ、自分で、できる……から」

「それでは楽しくないだろう」

「楽し……っ!? ぁっ」

アルフレッドはニヤリと口元を吊り上げると、再び腰を動かし、吐精しても大きさを保ったままの欲望を花びらの間に擦り付けていく。

「ぁんっ……！　あっ……ぅ……んんっ……」

膣口から溢れた甘い蜜と熱い白濁液が混ざって、淫らな匂いが香りだつ。

それから、何度達しただろう。

ローズは喉がカラカラになるほど、喘ぎ声を上げ続けた。

身体の疼きがようやく収まったのは真夜中で、また昨日と同様に強い眠気を感じ、意識が遠ざかっていくのを感じる。

途中で寝てしまった昨日、翌日アルフレッドにナイトドレスを着せてもらっていて、翌日、恥ずかしくて後悔した。

今日は、そんな思いをしたくない。

それに彼は、後で綺麗にしてくれると言った。起きていればなんとか事態を回避できるかもしれないが、眠っていたら問答無用でされてしまう。

でも、眩暈《めまい》がするほどの強い眠気に抗うことができなくて、結局は意識を手放してしまい、翌日後悔するのだった。

◆◇◆

汽車に乗って、三日目がやってきた。

夕方にアゲートという街の駅へ停まり、三時間の自由時間が与えられた。アゲートは葡萄農園がたくさんあることで有名で、至る所の店でワインや葡萄ジュースが売られている他、一部農園では葡萄狩りを楽しむことができる。

ローズとアルフレッドも葡萄狩りを楽しんでいたが、突然の雨に打たれ、ずぶ濡れになって帰ってきた。

今日は気温が低かったこともあり、すっかり冷えてしまった。

「お帰りなさいませ。酷い雨ですわね。さあ、タオルをどうぞ」

「ありがとう」

「ライラ、ありがとう。せっかく採《と》った葡萄も濡れちゃったわ」

「収穫してから濡らすと、痛むのが早くなってしまいますわね。早めに頂いてしまいましょう」

アルフレッドは自分の分のタオルを使って、ローズの髪を拭《ぬぐ》う。

「風邪を引いては大変だ」

「アルフレッド様、私は大丈夫だから、ご自分を拭いて」

「俺も大丈夫だ」

ちゃんと自分の身体を拭いてほしいと言っても、彼はやめようとしない。そんなやり取りを見て、ライラがクスクス笑う。

「お湯の準備が調《ととの》っておりますので、どうぞお使い下さい」

「えっ！　用意しておいてくれたの？」

「はい、雨が降り始めたのを見て、濡れてお帰りになられると思いまして」

「ありがとう！　じゃあ、アルフレッド様……」

「ああ、ゆっくり温まってくるといい」

「そうじゃなくて、アルフレッド様が先に使って」

騎士団長を務めるアルフレッドが、風邪を引いては大変だ。

「そんなわけにはいかない」

「私は大丈夫よ。タオルで拭いたし、着替えて、ライラに温かい紅茶を淹れてもらうわ」

「俺の方こそ大丈夫だ。鍛えているからな」

「でも……」

押し問答を繰り広げる二人に、ライラが割って入る。

「お二人で入られてはいかがですか？　お屋敷と違って広くはございませんが、普通にお二人で入ることができる広さだと思いますわ」

ライラのとんでもない提案を聞いたローズは、目を丸くして、すぐさま首を左右に振った。

「ライラったら！　二人でなんて、入れるわけがないでしょうっ！　なんてことを……」

「ああ、それがいいな。ローズ、入ろう」

アルフレッドはうんうんと頷いて、ローズの手を握ってバスルームへ向かう。

「えっ⁉　ちょ、ちょっと、待って！　だって、裸になるのよっ⁉　服を着たまま入浴はできないのよっ⁉」

「そうだな。入浴とは裸で行うものだ」

「アルフレッド様、本日のローズ様のドレスは背中のボタンを外せば、すぐに脱がせられますので」

「ライラ⁉」

「わかった」

「だ、駄目っ！　私は後で入るからっ！」

アルフレッドはなかなか諦めようとしないローズを抱きかかえ、強引にバスルームに入った。ローズは恥ずかしがってすぐに出て行こうとしたが、鍛え抜かれた運動神経の持ち主である彼の手から逃れられるはずはない。

アルフレッドはすぐにローズの濡れたドレスを脱がせて、彼女を先にお湯へ浸からせた。冷えた手足の指先が、温まってジンと痺れる。

いつもならお湯に浸かると、安心してホッとため息が零れるのだけど、アルフレッドと一緒の今は、緊張と恥ずかしさで、ため息一つ零れるどころか、心臓がドキドキ騒いでうるさい。

「湯加減はどうだ？」

自身も服を脱ぎ終えたアルフレッドが、バスタブの中に入ってくる。

鍛え抜かれた何も身に着けていない肢体が、一瞬だけ映った。ローズはパッと目を逸らして、バスルームに置いてある石鹸《せっけん》に視線を集中する。

「ちょ、ちょうどいいわ」

目のやり場に、困ってしまうわ。

ローズは背中を向けて、なるべく端に寄った。アルフレッドはゆっくりと腰を下し、肩まで浸かる。

「二人で入ると湯が溢れるかと思ったが、案外平気だったな。まるで始めから二人で入るのを計算して用意してくれていたみたいだ」

もしかして、ライラはそういうつもりだったのだろうか。

「ローズ、そんなに端に寄らなくても大丈夫だ。十分に余裕はあるぞ」

「わ、私はここで大丈夫」

「そんな所で固まっていては、寛《くつろ》げないだろう」

「だって、恥ずかしいんだもの……」

「どこに居ても恥ずかしいのだろう？　それなら寛げる体勢で恥ずかしがった方がいい」

「きゃっ」

端でジッとしていたローズは、アルフレッドに後ろから抱き寄せられた。慌てて両手で胸を隠すけれど、恥ずかしさは少しも紛れない。

「初めて裸を見せるわけではないのに、まだ恥ずかしいのか？」

「ええ、すごく……」

耳まで真っ赤になっているローズを見て、アルフレッドは口元を綻ばせる。彼は右手を彼女の腰に絡め、左手をバスタブの縁に置いている。

どこに視線を置いていいかわからずにいるローズは、彼の左腕を見た。たくさんの古傷があるのに気付いて、胸を隠していた手を片方だけその傷に伸ばす。

「傷があるわ。どうしたの？」

「ああ、昔、訓練で付いた切り傷や擦り傷だ」

「痛い……？」

ローズの背中の傷は、痛みはないけれど、乾燥すると引き攣る。アルフレッドもそうなのではないだろうか、彼には痛みがあるのではないだろうかと心配になった。

「心配しなくていい。大丈夫だ」

アルフレッドは柔らかく微笑み、左手でローズの頭を優しく撫でる。

「よかった。こんなにたくさん……痛かったでしょう？」

「昔過ぎて、忘れてしまったな。だが、お前の傷より痛くないことは確かだ」

背中の傷を撫でられ、身体がビクンと小さく跳ねる。

「ぁっ」

「すまない。痛かったか？」

恥ずかしい。つい、変な声が、出てしまった。服の上から背中に触れられてもなんでもないのに、裸の時に触れられるとやけにくすぐったく感じる。意識しているせいだろうか。

「いえ、痛かったんじゃなくて、くすぐったかっただけなの。心配しないで」

「そうか。それならよかった」

温かくて、心地いい。でも、落ち着かない。

「ローズ、なんだか肌が赤いな。のぼせてきてないか？」

「そっ……そうね。ちょっと熱くなってきたかも……」

お湯でのぼせたのではなくて、多分羞恥心にやられた。

「では、洗って、出るとするか。俺が洗ってやる」

「えっ⁉　いえ！　自分で洗うわ」

アルフレッドは先にバスタブから出ると、ローズのシャンプーを手に取る。

「これで洗えばいいんだな？」

「え、ええ、でも、自分で……」

「ほら、のぼせるぞ。こちらに来い」

強引に押し切られてしまい、髪を洗ってもらうことになった。男性に髪を洗ってもらうなんて、初めてのことだ。

アルフレッドは立ち上がったローズの手を取り、バスチェアに腰を下させると、彼女の後ろに座る。

「しっかり目を瞑《つぶ》っていろ」

「え、ええ……」

彼はガラス細工でも扱うかのように、ローズの髪を丁寧に洗っていく。恥ずかしいけれど、とても気持ちいい。自分で洗うのとは別の気持ちよさがある。

泡を洗い流してもらうと、思わず「ふぅ」とため息が出るほど、頭がスッキリしていた。

「洗い足りないところはないか？」

「ないわ。ありがとう」

服を着ているなら大丈夫だけど、裸で髪を洗ってもらうというのはすごく恥ずかしい。でも、とても気持ちよかった。

「身体はこの石鹸《せっけん》だな？」

ローズが気に入って使っている薔薇の石鹸を手に取ったアルフレッドは、彼女が頷くのを見ると、スポンジに擦り付けて泡立てる。

「あっ！　自分で泡立てられるから大丈夫よ。でも、ありがとう」

好きな人の前で身体を洗うのは、かなり恥ずかしい。後ろを向いていてもらえないだろうか。

片手で胸を隠し、振り返ってスポンジを受け取ろうと空いている方の手を伸ばす。しかしアルフレッドはスポンジを渡さずに、その手や腕を洗い始めた。

「あっ」

「俺が洗う」

「えっ！　そ、そんな！　いいわ。自分で洗うから……」

ローズが断るのを無視して、アルフレッドは彼女の真正面に座り直すと、どんどん身体を洗っていく。

「……っ……ン」

スポンジが、手、腕、肩と滑る。自分で洗っている時は全く何も感じないのに、彼に洗ってもらうのはとてもくすぐったく感じてしまう。

「皮膚が薄いから、少しでも力を入れると傷を付けてしまいそうだな。力加減はどうだ？　痛くないか？」

「だ、大丈夫。痛くないわ」

力を加減されているせいか、余計くすぐったい。油断すると、変な声が出そうだった。

そのくすぐったさも、純粋なものではなくて、いかがわしい感じだ。

アルフレッドは決していやらしい触り方をしているわけではない。それなのにそう感じるのは、ローズが淫らな意味で意識しているせいだろう。

意識しないようにしなくちゃ……。

何か違うことを考えようと視線を泳がせていたら、彼の股間を見てしまい、ますます変な意識をしてしまう。

慌てて視線を逸らすが、しっかりと目に焼き付いた。

昨日は大きく上を向いていたのに、どうしてだろう。今日は下を向いている。それに昨日よりも張りがない。

どうしてかしら……って、何をはしたないことを考えているの!

淫らなことから意識を逸らそうとしているのに、なかなか離れられない。スポンジが胸に触れた瞬間、身体がビクッと跳ね上がった。

「ぁんっ!」

しかも変な声が出てしまい、顔がカッと熱くなる。

アルフレッド様は純粋な気持ちで洗ってくれているのに、私ったらいやらしい気持ちになって、信じられない……。

ああ、もう、この場から逃げ出したい。

何を言っていいかわからないでいると、アルフレッドがスポンジを置いて、泡がたっぷり付

いた手で直に胸に触れ、ムニュムニュ揉み始めた。

「んっ……アルフレッド、様？　んんっ……ぁんっ！　ぁ……っ」

手と胸がヌルヌル擦れて、普通に揉まれるのとは違う。妙な感覚が襲ってくる。でも、それが気持ちいい。

「純粋な気持ちで入浴しようと思っていたんだが……いや、それは嘘だな。正直に言うと、全く純粋な気持ちでは、なかった……」

「ぁっ……んんっ……どういう、意味……？」

胸を揉まれているせいだろうか、アルフレッドの言葉の意味を汲《く》み取れない。

「なんでもない。お前の可愛い反応を見ていたら、欲情した。付き合ってくれ」

「付き合ってって……んんっ……あっ……い、いやらしいこと……するの？　はぅっ……あっ……んっ」

「ああ、そうだ。お前も期待していただろう？」

図星を突かれ、ドキッとしてしまう。

そう、さっきから淫らなことばかり考えていた。でも、正直には、恥ずかしくて、とても言えない。

首を左右に振ると、尖った先端を指の腹でスリスリ撫でられた。

「やんっ」

「違うのなら、どうしてこんなに尖らせている？」

「だ、だって、アルフレッド様が、揉む……から」

「気付いていなかったか？　揉む前から、こんなだったぞ」

「えっ」

気付かなかった。

淫らなことなんて考えていない体を装いたかったのに、最初から気付かれていたなんて……。

恥ずかしくて涙目になってしまうと、尖った先端を摘まれた。

「ぁんっ！」

しかし泡で滑って、すぐにツルンと離れてしまうので、決して強い刺激は与えられない。じれったくて、もどかしい快感——でも、それが堪らない。

指と指の間に挟みこまれ、上下に動かされると擦れて気持ちがいい。お腹の奥が燃えそうなほど熱くなる。花びらの間が甘く疼いて、思わず足と足を擦り合わせると、甘い蜜と泡でヌルヌルしている。

唇を深く奪われ、指で両方の尖りを捏ねくり回されたら、さらに疼きが強くなって、甘い蜜がどんどん溢《あふ》れ出す。

「ン……っ……んぅ……っ」

胸の先端を弄っていた手が、お腹を滑って、花びらの間に潜り込んでいく。敏感な粒をヌルヌル撫でられると、あまりの気持ちよさに腰がガクガク震える。

アルフレッドは執拗に敏感な花芽を攻めたて、ローズのとろけた舌を唾液ごと吸う。絶頂の予感を足元に感じたかと思えば、それは一気に突き抜けて行った。

くたりと力が抜けて、ローズはアルフレッドにもたれかかった。こうしてしがみ付いても、石鹸でヌルヌル滑り、お互いの身体が擦れる。

それはとても官能的な感覚で、癖になりそうなほど気持ちいい。

未知の感覚と絶頂の余韻に浸っていると、アルフレッドの長い指が再び動きだす。

「ひぁっ……!?」

達して間もない花芽はさらに敏感になっていて、そこを弄られると、強すぎる刺激が襲ってきて、どう受け止めていいかわからない。

「あっ！　んんっ……アルフレッド、様……そこ、ばかり……触っては、だめ……」

「大事なところなんだから、しっかり洗わないといけないだろう？」

「あ、洗ってる手付きじゃ……あっ……あぁっ……やぁんっ！」

ローズはアルフレッドにしがみつきながら、再び絶頂に達した。肩で息をしていると、彼が泡だらけの小さな手を掴み、自身の欲望を握らせた。

「あっ……」

思わず下を向いて確かめてしまうと、昨日のように上を向いていた。

さっきと形が違う……。

「ローズ、俺のも気持ちよくしてくれ」

「……っ……気持ちよくって、どうやって？」

「こうやって、動かしてほしい」

アルフレッドは自身の欲望を掴んだ手を包み込むようにして握り、上下に動かした。

「わ、わかったわ」

彼のしたように上下に扱《しご》くと、泡まみれになった手の平に、淫らな感触が伝わってくる。

「ひぅっ……！　あっ……んんっ……アルフレッド……様、こ、れで……いいの？　ちゃんと、気持ちいい？」

「……っ……ああ、とても上手だ。ありがとう」

社交辞令で言っているわけではないのは、アルフレッドの反応でわかる。気持ちよさそうに吐息を零し、時折身体を揺らしてくれているのは、本当に感じてくれているからだ。

アルフレッド様も、気持ちよくなってくれてる……。

そう思ったら、ますます興奮してしまう。

「俺も礼をしないとな」

「お礼？　ぁっ……!?」

何のことだろうと思っていたら、指はまた花芽を可愛がり始める。

「んっ……ぁっ……はんっ……も……そこ、だめ……っ……これ以上は……おかしくなっ……あっ……あっ……あぁっ！」

アルフレッドが絶頂を迎えるまで、ローズは何度も達し、なんとか気絶こそしなかったが、頭がぼんやりし、どうやってバスルームを出たのか覚えていない。

思考がいつも通り働くようになったのは、それから数時間も後のことだった。

◆◇◆

「アルフレッド様、お願いがあるの」

小さな愛らしい少女が、真剣な表情でアルフレッドをジッと見ている。

絹糸のように細く柔らかなストロベリーブロンドの髪、きめ細やかな白い肌、深い森のような大きな瞳、何も塗っていないのに赤くぽってりとした小さな唇——まるで人形のようだ。

「どうした？　何か欲しいのか？」

彼女の名はローズ、親友のジャンの妹だ。生まれた時から頻繁に会っていて、本当の妹のように可愛い。

自分にすごく懐《なつ》いてくれているのが嬉しくて、愛しくて、なんでも言うことを聞いてやりたくなる。

ジャンには甘やかすなと言われているのでほどほどにしているつもりなのだが、彼に言わせると、まだ甘いらしい。

今日はジャンに貸してほしいと頼まれた本を届けに来たついでに、ローズの顔を見に来た。もちろん、彼女が喜びそうなお菓子も手土産に持ってきたので、すでに渡している。

ちなみにジャンは本に夢中で、せっかく訪ねてきた親友を放《ほ》ったらかしにし、自室にこもっていた。

「ううん、欲しいものがあるわけじゃなくて……」

「じゃあ、何をお願いしたい？」

ローズは神に祈るように両手を組み、こちらをジッと見上げていた。アルフレッドは床に膝を突いて、小さな彼女の目線に合わせる。

「私をお嫁さんにして？」

ああ、なんて可愛らしいお願いだろう。つい口元が綻ぶ。

子供が親や好ましい人間に、結婚してほしいとせがむと聞いたことがある。それは異性として好きだからではなく、結婚すればずっと一緒にいられると思っているからだ。

自分と一緒に居たいと思ってくれているなんて、とても嬉しい。

「すまないな。俺にとってお前は、本当の妹みたいに大切な存在なんだ。だから結婚はできない」

大きなリボンを付けた頭を撫でてやると、深い森のような瞳が潤み出す。

ローズを喜ばせようとあっさり頷くのは簡単だが、いくら子供相手でも、そんな不誠実なことはしたくなかった。

「やだやだ……」

ポロポロ涙を流す姿を見て、アルフレッドはホッと安堵する。

母親を亡くしてしばらく、ローズはあまりの悲しみで泣くことができずにいた。

ジャンから母親を亡くしたのに全く泣いている様子がない。もう死を理解できる歳だし、母親が大好きな子だったのに、どうしてしまったのだろう。女性は精神的に強いと聞いたことがあるが、こんな幼い子供でもそうなのかと相談され、アルフレッドはハッとした。

昔、どこかで、あまりに強い悲しみを感じると、涙が出なくなってしまうと聞いたことがあった。そこから心の病に蝕《むしば》まれ、二度と悲しみの世界から戻ってこれなくなることもあるそうだ。

ローズは途中でちゃんと泣けるようになったが、自分が泣くことで、母を失ったことから立ち直りつつある父親やジャンを、再び悲しませてしまうことを危惧してクローゼットの中で、声を出さないように泣いていた。

自分の前では泣いてもいいと言ってから、どれくらいが経っただろう。母親の死を悲しがって泣くことはなくなり、今では家族の前でも泣けるようになったし、こうして悲しい時にはちゃんと涙を流せる。

幼いのに自分のことよりも、家族のことを考える優しい女の子――誰でもできるようなことではない。大人でも難しいことだ。

アルフレッドは十歳も年下の幼い子供に、まさか尊敬の念を抱くとは思わなかった。

自分のことよりも人のことを考える優しい女の子――誰よりも幸せになってほしい。

愛らしい少女は、大きくなったら美しい女性になるだろう。

きっとたくさんの男が寄ってくるはずだ。

いくら実の妹のように思っていても、血の繋がりがない自分には表だってローズを守る権利はないが、素行が悪かったり、評判の悪い男が寄ってきたら、裏から圧力をかけて遠ざけようと心に決めている。

ローズは歳を重ねるごとに、アルフレッドの想像通り美しい女性に成長した。腰まで伸びたストロベリーブロンドは、動くたびに柔らかく揺れて、つい追いかけてしまいそうなほどいい香りがする。

深い森のような瞳、きめ細やかな白い肌、ほんのりと赤く染まった頬に、しっとりとした柔らかそうな赤い唇――人形のように美しくて、でも、人形には決して出せない色気を孕んでいた。

豊かな胸は、胸元をしっかり隠したドレスでもその大きさが目立つ。腰が折れそうなほどに細いからなおさら強調されるのかもしれない。

彼女の名前のように、ローズは薔薇のように美しい女性に育った。

「アルフレッド様、お願いがあるの……」

「なんだ？　何か困っているのなら、もちろん力になるぞ」

「困っているわけではなくて、あの……まだ、私のこと、妹としか見られない？　私、アルフレッド様のお嫁さんになりたいの……」

ある程度の年齢になれば言わなくなると思っていたが、ローズはまだアルフレッドを慕ってくれていて、こうして頻繁に求婚してくれている。

「お前は俺の可愛い妹だ」

「アルフレッド様の本当の妹は、アリーヌだわ」

「妹は一人とは限らない。アリーヌも、お前も、俺の可愛い妹だ。ずっとな」

幼い頃からそうしているようにローズの頭を撫でると、深い森のような瞳が悲しげに潤む。

〝お前は俺の可愛い妹だ〟〝アリーヌも、お前も、俺の可愛い妹だ。ずっとな〟それは、自分自身に言い聞かせるように口にした。

なぜなら最近の自分は、おかしいからだ。

ローズを抱きしめたいと思うし、彼女に見つめられると心臓が騒ぐ。

今までは『結婚してほしい』と言われるたびに微笑ましい気持ちになっていたが、最近では心の奥底で熱い感情が動き出すのを感じるのだ。

この感情は、なんだろう。気が付いてはいけない気がする。いや、もう気付いてはいるのだが、気付かないふりをしなければいけない。

妹のように思っていた少女が成長したからといって、一人の女性として意識するようになるなんてありえない。

こんな気持ちはどうかしている。そんな中、アルフレッドが父から聞かされたのが、バール伯爵家の息女エルザとの婚約だ。

父はかねてから良家との縁談を持ってきては、早く結婚するようにせっついていた。しかしどの女性も、いまいちピンとくることがなかった。

そんな気持ちのまま結婚するのは、相手の女性に失礼だ。それに今は家庭を築くことよりも、騎士団の仕事に集中したいと断っていた。

父親も心身ともに健康で、まだ家督を譲る予定はなかったため、今まではそれで通ってきたが、近年、少しずつ体力に衰えを感じるようになったらしい。最近では年頃になったローズとの縁談を頻繁に打診してくるようになった。ローズ以外の女性の名を出すのは、久しぶりのことだ。

アルフレッドは焦《あせ》っていた。

ローズの名を出された時は、『妹同然の女性とは結婚できない』と表向きは言っていたが、悪い気がしなかった……というよりも、嬉しいと思ってしまっていた。

結婚に対して前向きに考えているからそう感じるのかと思ったが、エルザの時はやはり嬉しいとは思えなかった。

こんなことは、いけない。

今までは、その気もないのに結婚するのは相手の女性に失礼だと思っていた。でも、ローズへの邪《よこしま》な気持ちを絶つには、他の女性と結婚し、家庭を持つのが一番だと考えたアルフレッドは、エルザとの婚約を進めることにした。

もし自分のことを好いてくれていたら、他の女性に気があるまま結婚するのは失礼だと思っていたが、エルザは違った。

「家柄がよければどんな男性でも構わないと思っていましたが、見目麗しい方がお相手で嬉しいわ。でも私、束縛されるのが嫌なの。嫡子を産んだら、愛人を作っても良いかしら？」

初めて会った時、彼女はにっこりと微笑み、アルフレッドにそう尋ねた。

結婚の理由が理由だ。そんな考えの女性の方がちょうどいい。そう考えたアルフレッドは、彼女との婚約を進めていくことを決めたのだった。

その矢先、不幸な事故が起きる。

落雷で木が倒れて屋敷のガラスを突き抜け、アリーヌを庇ったローズが重傷を負った。知らせを聞いたのは、騎士団の仕事を終えて、バール伯爵邸へ向かおうとしていた時だった。

あんなに血の気が引いたことは、生まれて初めてだ。早くローズの無事を確認したい。ああ、馬車はなんて遅いのだろう。自分で馬を走らせて帰ればよかった。

自邸に戻ると、ゲストルームでうつ伏せになって眠るローズの姿があった。包帯を通り越してナイトドレスには血が滲んでいる。

少しでも動かすと危険な状態だそうだ。

その顔や唇からは血の気が消え、傍らでは、自分のせいだ、とアリーヌが大粒の涙を流していた。

なんてことだ……。

サロンは窓ガラスが粉々に砕け、白い絨毯《じゅうたん》はローズの血で赤く染まっていた。こんなにも血を流すなんて、どれだけ痛かっただろう。

もし、自分が傍に居たら、守ってやれた。もし……もし……。

考えても仕方のないことばかりを考え、生死の境を彷徨《さまよ》うローズの傍らに座り、彼女の様子を見守り続けた。

もし、自分が目を離した隙にローズが亡くなってしまったら……そう考えたら、怖くて眠ることができなかった。

そして気が付いた。確信した。自分の中にあったローズへの気持ちは、どうにかできるようなものではないことなのだと。

妹のように思っている女性に恋心を持つことは、いけないことだと思っていた。でも、なぜだ？　血が繋がっていないのなら、誰も咎《とが》めはしない。咎めていたのはただ一人、自分だけだ。

自分の道徳心が邪魔をしていた。

——ローズ、お前は人のことを大事にしてばかりで、いつも自分のことは二の次だな。

お前が自分を二の次にするのなら、俺が一番に大事にしてやりたい。他のどんな男ではなく、俺が守りたい。一生隣に居させてほしい。

幸いにもエルザとの婚約は、まだ正式に結んだわけではなかったので、公になっていない。アルフレッドはバール伯爵家に話を付け、ローズの父に結婚の許しを得た。

ローズも自分を好いてくれている。きっと喜んでくれるだろうと思っていたが、アルフレッドがモタモタしている間に、彼女の心には、もう既に別の男が住んでいるらしい。

好きな人が愛しいと思う相手と共に歩めるのなら、幸せになれるのなら、自分は身を引くべきなのかもしれない。でも、ずっと抑えていた気持ちは止められそうにない。止めたくない。

ローズ、お前が好きだ。こんなにも尊敬できて、守りたいと思う女性は、昔も、今も、お前だけだ。

「あっ！」

カシャンという金属音が聞こえ、アルフレッドはいつの間にか閉じていた瞼を開いた。

入浴を済ませた後、入れ替わりにバスルームに入ったローズをソファに座って本を読みながら待っていたら心地よくて、いつの間にか眠ってしまったようだ。

意識が戻ると、薔薇の香りがふわりと鼻孔を擽る。これは、ローズが使っている石鹸の香りだ。

「ローズ、どうした？」

「手が滑っちゃって、アクセサリーを落としちゃったの。起こしちゃってごめんなさい」

床に落とせば絨毯が敷いてあるのでそこまで音は響かないが、テーブルの上に落としてしまったらしい。

「いや、眠るつもりはなかったから、起こしてくれてよかった」

今日は旅行四日目、昨日とは違って晴天に恵まれ、観光を楽しむことができた。ローズは親友のクリステルに、彼女に似合いそうなヘアアクセサリーを土産に買えて、満足しているようだ。

肘掛けにもたれかかって崩れた体勢を整えようと身体を動かしたら、ブランケットが膝に落ちた。

「ブランケットをかけてくれたのか。ありがとう」

職業柄、人の気配には敏感だ。他の人間が近付いてきた時にはすぐに気付くが、ローズには気を許し過ぎているからか、全く気付かなかった

「どういたしまして。……あ、よかった。壊れていないわ」

「明日付けるものか？」

「いいえ、これから付けようと思って」

ローズはナイトドレスに、ガウンを羽織っている。どこにも出かけられる装いではない。後は眠るだけのはずなのに、なぜアクセサリーを付けるのだろう。

「眠るのに付けるのか？」

「ええ、このナイトドレスと一緒に買ったの。こういうシンプルなナイトドレスの時には、アクセサリーを付けるのが流行っているんですって。今の今まで忘れていて、さっき鞄の中から偶然見つけて思い出したの」

ローズは壁掛け鏡の前でアクセサリーを付けると、アルフレッドの隣に座り、アクセサリーを付けた姿を見せる。

「変わった形のネックレスなの。先にイヤリングが付いているのよ。……でも、これ、繋がっている意味ってあるのかしら。それにすぐ取れちゃいそうだわ」

首を傾げるローズを見て、アルフレッドはある記憶を思い出す。

騎士団に入ったばかりの時、同期が夜の玩具《おもちゃ》を好む男で、「彼女に贈るんだ」と、夜の玩具の魅力を語りながら、たびたび見せてきた。

ローズが身に付けている物は、見せられたうちの一つと酷似している。

繋がって輪になっているチェーンを首から下げるところまではあっているが、イヤリングに似ている物は乳首に装着するもので、耳に付けるものではない。

「ローズ、それは耳に付けるものではないと思う」

「え、そうなの？　じゃあ、どこに付けるの？」

アルフレッドはローズの身体をゆっくりと押し倒し、チェーンを引っ張って、耳からアクセサリーを外す。

「アルフレッド様？」

「ここだ」

ガウンの紐を解いて、ナイトドレス越しに胸の先端を突くと、ローズがビクッと身体を震わせる。

「ぁんっ！」

一瞬しか触れていないのに、胸の先端がわずかに尖り、ナイトドレスを押し上げていた。

初めて触れた時から敏感な身体だと思っていたが、触れるたびにより敏感になっていくようだ。

慌てて口元を押さえ、声を出さないようにする様が可愛いと思う。そしてそう思うのと同時に、強引にでも甘い声を上げさせたい。聞きたい。と思ってしまう。

「こ、ここって、あっ……」

胸元のボタンを外すと、白く張りのある胸がプルリと零れた。尖り始めた先端は、スイートピンク色だ。

「これは耳じゃなくて、乳首に付けるものだ」

「えっ⁉　あっ！」

一つ付けようとしたが、尖りが小さすぎてなかなか挟めない。

「んっ……」

金具がくっ付くたびに、ローズはキュッと目を瞑って、ビクビク身体を揺らす。

「お前の乳首は小さいから、しっかり尖らせないと挟めないな」

「も……っ……そんなの、付けなくていいわ……私、そんないやらしいアクセサリーだなんて思わなくて……恥ずかし……」

両手で顔を覆い、恥じらう姿が愛らしい。

「せっかく買ったんだ。使わないのは勿体ないだろう。それに俺も付けているところが見たい」

尖りかけた先端をペロリと舐めたら、ローズの赤い唇から甘い声と吐息が零れる。

「あ……っ……やんっ……」

舌に愛らしい感触が伝わってくる。舌先でコロコロ転がしていると、溶けてなくなりかけた小さなキャンディを転がしているみたいだ。

幼い頃のことを思い出す。もうすぐなくなってしまう。もっと舐めていたかった。そんな気持ちになる。

「ひぅっ……んんっ……ぁっ……あぁ……んっ……やんっ……」

ずっとこうして、ローズの乳首を舐めていたい。

片手で左胸を揉みながら、手の平で小さな先端を刺激し、唇と舌で右胸の先端を刺激する。

感じやすいローズの尖りは、舌や手の平を押し返すほど硬くなっていた。

淡く色付いた胸の先端を根元から咥《くわ》えて、チュッと少し強めに吸い上げると、ローズが甘い声を上げ、足と足を擦り合わせるのがわかった。

きっと、濡れてきたのだろう。早くそこにも触りたいが、今はアクセサリーを付けることが先だ。

「ローズ、起《た》ってきた。これなら付けられるかもしれない」

「ほ、本当に付けるの……？」

潤んだ瞳で不安そうに見上げる顔が可愛くて、アルフレッドは堪らずにその赤い唇を奪った。

狭い咥内に舌で独占欲を塗り付け、小さな舌を絡め取る。ヌルヌル擦り付けると、自身も動かして応えてくれるのが嬉しい。たどたどしさも興奮を煽《あお》った。

唇を離したアルフレッドは、尖らせた胸の先端にアクセサリーを装着する。

「んっ……！」

「ほら、付いた。痛くないか？」

「……っ……へ、平気……でも、すごく、恥ずかしい……」

ローズは淫らなアクセサリーを付けた自身の胸を見下ろし、耳まで真っ赤にして瞳を潤ませる。

同期から夜の玩具を見せられた時には特に興味を持てなかった……というよりも、くだらないと思っていたが、玩具を付けて恥じらうローズを見ていたら興奮し、急に興味が湧いてくる。なんだか妙な扉を開いてしまった気分だ。

「よく似合ってる。ローズ可愛いぞ」

「か、可愛くなんて……ぁっ」

真っ赤になった耳に唇を押し当てると、ローズは小さく喘ぎながら、身体を揺らす。そのたびに胸の先端に付けたアクセサリーが、シャラシャラと音を立てた。

「アルフレッド様……も……取ってもいい？」

「駄目だ。せっかく似合っているのだから、勿体ない」

アルフレッドはローズのナイトドレスの裾をずり上げ、両足を左右に大きく開く。ショーツには蜜が滲《し》みて、秘部にぺったりとくっ付いていた。秘部の色や敏感な粒が透けて、情欲が煽られる。

「ローズ、透けるほど濡れているぞ?」

「や……見ないで……ぁんっ! ぁ……んんっ……」

布越しに敏感な粒を上下に擦ると、愛らしい感触が伝わってきて、もう既に昂《たか》ぶっている自身の分身がさらに熱くなるのを感じた。

「そう言われると、余計見たくなる。それに、こちらも舌で味わいたい」

「えっ……そ、そんなの、だめっ……きゃっ」

ローズが恥じらって足を動かし、なんとか動かさないようにするが、鍛え抜かれたアルフレッドにとっては、全く抵抗になっていない。

ショーツをずり下したアルフレッドは、まだ初々しい色をした秘部を舐めるようにじっくりと眺めた。

「や……見ちゃ……嫌……アルフレッド様……恥ずかし……」

小さな陰核は興奮でぷくりと膨れ、初心《うぶ》な膣口はヒクヒク収縮を繰り返し、甘い蜜を生み続けている。

「美味しそうだな」

唇を可愛がるように花びらを軽く食《は》むと、ローズの足から力が抜けるのがわかった。

「ぁっ……！」

零れる甘い蜜を舌先ですくい上げながら、塗り付けるように花芽を舐めた。小さな膣口に指を押し込み、ゆっくりと抽挿を繰り返す。

狭い膣道は、指を歓迎するように収縮した。敏感な花芽をしゃぶりながら、アルフレッドは指を動かし続ける。

「ひぁっ……！　そんなとこ、舐めちゃ……だめ……ぁんっ！　あぁっ……んんっ……ぁっ……あぁっ……んんっ！」

ヌルヌルしていて、ねっとりと絡み付く。自身の欲望を挿入したら、どんなに気持ちが良いことだろう。

欲望が激しく主張をしていて、痛いほどだ。早くこの昂ぶりを彼女の中に埋めて、情熱を刻み付けたい。しかし、うんと慣らさなくては……。

この数日、指で慣らして、怪我をせずに挿入できるようにはなったはずだが、相当痛いはずだ。

もっと慣らして、少しでも感じる痛みを減らしたい。

早く挿入したい。彼女の想う男よりも早く――早く自分だけのものにしたい。

そんな欲望を理性で押し込めながら、アルフレッドはローズの秘部を楽しみ続ける。ビクビク身悶えするたびに乳首に付けたアクセサリーがシャラシャラ揺れて白い肌を彩り、興奮をより煽られた。

小さな花芽を根元から咥えて吸い上げると、ローズがビクビク身悶えし、大きな嬌声を上げて絶頂に達したのがわかった。

頬を紅潮させて絶頂の余韻に浸っているローズはとても美しくて、そんな彼女を見ているだけで、理性が粉々に砕かれてしまう。

今すぐローズを自分で満たしたい。

ローズの膣口に埋めていた指を引き抜いたアルフレッドは、下履きを寛がせて、硬く反《そ》り立った欲望を取り出す。

欲望を小さな膣口に宛《あて》がった瞬間、異変に気が付いたローズが、とろけて閉じかけていた瞳を見開いた。

「あっ……」

粉々に砕いた理性をかき集めたアルフレッドは、膣口に宛がっていた欲望を花びらの間に滑らせた。

「ローズ、治めるのに付き合ってくれ」

ローズが頷くのを待っていられないアルフレッドは、欲望を花びらの間に擦り付ける。先端からは先走りの露が零れ、ローズの蜜と混じってグチュグチュと淫らな音が響く。

「んっ……んっ……はぁ……んんっ……あぁっ……はんっ……んっんっんっ……あぁっ……！」

揺さぶるたびにローズの豊かな胸が上下に揺れ、アクセサリーがシャラシャラ音を立てる。

あまりに魅力的で、アルフレッドはアクセサリーごと揺れる胸を揉み抱き、甘い喘ぎ声を零し続ける赤い唇を自身の唇で塞ぐ。

「……っ……ン……！　んぅっ……んんっ……ん……んんっ……ふ……んぅ……」

ローズ、好きだ。明日にでも結婚式の日が来てくれたらいいのにと、何度思ったことだろう。

アルフレッドは花びらの間にたっぷりと欲望を放ったが、一度では足りずに、何度も放つまで擦り付けた。

第五章　希望が消えた日

汽車で旅を初めて、七日が経つ。

観光を楽しみながら、とうとう目的地であるチャロアイト国に到着した。ここからは馬車に乗り換えて、森の魔女が営む薬局を目指す。

「ン……アルフレッド様、だめ……こんな、ところでなんて……ぁ……んんっ」

「濡らすのをやめたら、俺も触るのをやめよう」

「そ、そんな……ぁんっ！　さ、触られたら、とめられない……もの……」

「嬉しいことを言ってくれるな。もっと触りたくなる」

ライラは二人の邪魔をしたくないからと、先に本日泊まる予定のホテルへ向かっている。そのため馬車の中は二人きりだ。初めは二人で他愛のない会話を楽しんでいたが、なぜか膝の上に座らされ、身体を淫らな手付きで触れられていた。

乱されたドレスからは豊かな胸が零れて、蜜で溢れ返ったショーツの中には、アルフレッドの手が潜り込んでいて、秘部を淫らに刺激されている。

初めて身体に触れられてからというもの、毎日こうして愛撫され、少し触れられるだけでもこうして濡れてしまう。

カーテンを閉めているとはいえ、馬車の中でこんなことをするのは、誰かに見られているような気がして落ち着かない。

しかし、やめてほしいと言いながらも、実際にその通りにされたら、あまりにも身体の中が切なくて、泣いてしまいそうだ。

それに魔女の薬が手に入って背中の傷が治れば、アルフレッドとは婚約を解消する。彼は元々婚約する予定だったエルザと正式に婚約し、やがて結婚する。そうしたら、もうこんなことは二度とできない。

エルザに罪悪感を覚えるが、それ以上にアルフレッドを失う恐怖が勝る。

この先会えなくなっても、絶対に忘れないように、すぐに思い出せるように、たくさんこうしたい。

指を挿《い》れられ、弱い場所をググッと押されると、甘い快感が訪れる。

「ひゃぅっ……」

「中が大分解《ほぐ》れてきたな」

「そう、なの……？」

自分ではわからないけれど、そうなのだろうか。でも、最初に指を挿入された時は変な感じがしたし、少し苦しさを感じたが、今は違和感はあっても、辛さはない。ただただ気持ちいい。これを慣れたというのだろうか。

「ああ、お前が他の男を想っていようが、もうすぐ俺はお前の全てを貰う。覚悟しておけ」

もうすぐじゃ嫌……今すぐ貰って。今すぐにアルフレッド様が欲しいの。そうじゃないと、傷が治っちゃう。そうしたらもう、アルフレッド様は私の元から去ってしまう。

――今すぐ……今すぐに私を抱いて……！

「アルフレッド様、わ、私……んぅ……っ」

たっぷりと与えられた快感で頭がぼんやりし、そんなことを口にしようとしてしまったその瞬間、唇を奪われた。

「んぅ……っ……んっ……んんっ」

危ないところだった。もう少しで、とんでもないことを口にしそうになった。

唇を重ね合いながら、やがてローズは絶頂に達した。

「ローズ、眠いか？」

「ん……ごめんなさい」

それから何度も達したローズは、強い眠気に襲われていた。快感の頂点に昇った後は、いつもこうして眠くなってしまう。

「謝ることはないだろう。目的地までまだ時間がある。少し休むといい。ほら、俺の膝を使え。硬くてあまり寝心地はよくないかもしれないが、ないよりはましなはずだ」

アルフレッドはローズの乱れたドレスを直し、自身の膝に寝かせた。

「でも……」

「落ち着かないか？」

頭を優しく撫でられると心地よくて、ただでさえ強い眠気が、もっと強くなってしまう。

アルフレッドとの貴重な時間を少しも無駄にしたくない。寝るなんて勿体ない。それなのに瞼がどんどん落ちてくる。ああ、鉛《なまり》のように重い。

ローズは強い眠気に抗うことができず、夢の世界へ落ちていった。

「ローズ、傷が治っても、お前を他の男の元へは行かせない。お前は誰にも渡さない。絶対に幸せにすると約束する。だから、また俺を好きになってくれ」

ああ、なんて素敵な夢を見ているの……。

現実と夢が混じり合っているローズは、眠りに落ちる寸前のアルフレッドの言葉を夢だと判断した。

魔女の薬局は、王都をうんと離れた森の奥深くにあった。レンガで作られた壁には、無数のひびが入り、苔《こけ》も生えて年月を感じさせられる。赤黒い三角屋根は、作られた当初はきっと綺麗な赤だったのだろう。

ドアに付いた猫の形をしたノッカーだけは、なぜか真新しい。最近付け替えたのだろうか。ノッカーを鳴らすと、扉越しに足音が近付いてくるのがわかった。

「はぁい、どちらさまでしょう」

魔女というぐらいだから、絵本に出てきた魔女のように、うんと年老いた女性だと思っていたが、とても若い女性が出てきたものだから驚いた。

綺麗なブロンドを後ろで一纏《ひとまと》めにし、エプロンドレスを身に付けている。

「薬が欲しいのだが……」

「お客様ですね。中へどうぞ」

魔女は蜂蜜色《はちみついろ》の瞳を細めてにっこり微笑むと、二人を店内へ案内してくれて、温かいハーブティと手作りのクッキーまで提供してくれた。

「いきなり来たのに、こんなに良くしていただいて……なんだか申し訳ないです」

「とんでもございません。私、こうしてお客様をおもてなしするのが大好きなんです。こんな辺鄙《へんぴ》なところで店をやっているものだから、お客様が来ない日もあるんですが、いつもいらっしゃってもいいようにお茶の用意と、お菓子作りは欠かさないんです。今日のクッキーはすごく良い出来だったから、召し上がっていただけてよかった」

なんて優しい方なのかしら……。

店内には乾燥した草花が瓶詰めされたものが、所狭しと置いてある。その一角にテーブルと椅子が置いてあり、ローズとアルフレッドはそこでお茶を楽しんでいた。

カモミールティーは今まで飲んだものの中で一番香り高く、クッキーはサクサクしていて、口当たりもよければ、味も素晴らしい。目を瞑って味わえば、薬局にいるのではなくて、カフェにいるかのように錯覚しそうだ。

「それで、本日はどんな薬をお求めで？」

「あの、友人からあなたがどんな傷痕でもすぐに治す薬を作れると教えてもらって……その薬が欲しいんです。売っていただけますか？」

恐る恐る尋ねると、魔女は目を丸くする。

「傷薬はありますが、『すぐに』傷痕を治す薬は、ありませんね……深い傷だとしたら、完璧には治せませんし、薄くしていくにも時間がかかります」

「そんな……」

「期待をさせてしまってごめんなさい……私、こんな場所で薬局を営《いとな》んでいるもので、魔女というあだ名を付けられているんです。そのせいで、『不老不死になる薬が作れる』とか、『一日だけ動物になる薬が作れる』とか、変な噂が絶えないいんです」

傷痕が治せない……それでは、アルフレッドの感じている責任を拭うことができない。婚約破棄してもらえない。

アルフレッド様を不幸にしてしまう……。

「残念だが、せっかく来たんだ。傷痕を薄くする薬だけ買っていこう」

唯一の希望が消えて、目の前が真っ暗になった。

呆然としていると、返事のこないローズを心配して、アルフレッドが「ローズ？」と声をかける。

「え、ええ、そう、ね……お願いします」

「かしこまりました。すぐに調合してきますので」

「ありがとう」

調合してもらった薬を持って、二人はライラが待っているホテルへ向かった。

◆◇◆

今日泊まるホテルは、チャロアイト国一と有名なだけあって、とても素晴らしい部屋だった。バスルームと化粧室の他に、リビング、寝室、客間と三部屋あり、家具や調度品、グラスの一つですらもこだわりを感じる。

ずっと汽車の中で泊まっていたので、動かない部屋というのは変な感じだ。急に揺れても転ばないように、壁に手を付いて歩くのが、すっかり癖になってしまった。

先に入浴を済ませたローズは、ライラが部屋を出て行った後、寝室のベッドに座って、ぼんやりとルームシューズの先を見つめる。

傷痕をすぐに治す薬――手に入れることができなかった。

希望の光が消えてしまった瞬間、ローズの心にはアルフレッドとエルザに対する罪悪感とは別に、もう一つの感情を抱いてしまった。

傷が治らないなら、アルフレッド様とずっと一緒に居られる。

「……っ」

私、なんて浅ましい人間なの――。

あまりにも強い自己嫌悪で、涙が出てきた。

アルフレッドを責任から解放するだなんて綺麗事を言っておきながら、心の奥底ではそんな想いを秘めていた。
人の気持ちを無視して、自分のことばかり考えて恥ずかしい。アルフレッドはローズのため
を思って、自分の気持ちを押し殺し、結婚してくれようとしているのに……。
アルフレッドの入浴は、女性のローズと違って速い。泣いているところを見られたら、心配
させてしまう。
しかし一度溢れた涙はなかなかとまらない、それどころか焦《あせ》るほどにどんどん涙が出てきて
しまう。
バスルームから着替えている音が聞こえて、ローズは慌ててベッドに入り、ブランケットを
頭から被った。
ああ、でも、これでは、ブランケットを剥《は》ぎ取《と》られたらおしまいだ。でも、泣きやめそうに
もない。
考えた末にローズは、枕に顔を押し付けて、うつ伏せになることにした。これならブラン
ケットを剥《は》がれても大丈夫だ。
バスルームの扉の開閉音と共に、アルフレッドがこちらに近付いてくる。
「ローズ、眠ったのか?」

このまま眠ったふりをしよう。こうしていれば、いつかは涙が止まるはずだ。

「……っ……ひっく……あっ！」

息を吸った瞬間、大きくしゃくりあげてしまった。

どうか、泣いていることに気付かれませんように！　寝ている間にしゃっくりが出ただけだと思われていますように！

そう強く願ったが、ローズの願いは叶わなかった。

「……泣いているのか？」

ああ、気付かれてしまった。

何も言わずにそのままでいると、ブランケットを剥《は》がされる。

「どうして泣いている？」

「な、なんでも、ないの……」

「傷痕を消すことができないからか？」

「本当になんでもないの。だから、気にしないで」

自分の浅ましさに泣けてきたなんて、言いたくない。知られたくない。呆《あき》れるどころか、嫌われてしまう。

「……傷を治さないと、好きな男の元に行けないからか？」

怒りと不満を孕《はら》んだ、とても低い声だった。

「え？　あっ」

アルフレッドの手がシーツと身体の間に潜り込んできて、豊かな胸を荒々しく揉み抱いた。

「あっ……や……だ、だめ……ぁんっ！」

触れられたら、また浅ましい考えが大きくなってしまう。

首を左右に振っても、アルフレッドはやめてくれない。ナイトドレスの上から胸を揉まれ、先端を捏ねくり回されると、あっという間に身体が熱くなる。

花びらの間が、潤《うる》んでいく。

もっと、触ってほしい――。

こんな時に感じて、快感を求めてしまうなんて、どこまで浅ましいのだろう。こうしている間にも、エルザはアルフレッドを想って泣いているかもしれないのに……。

自己嫌悪でまた涙が出てくる。するとアルフレッドの手が、ナイトドレスの裾を捲り上げ、ショーツ越しに花びらの間を撫でた。

「あっ……！」

指が往復するたびに、クチュクチュ淫らな音が聞こえてくる。

まだ触れられて間もないのに、音がするほど濡れているなんて……溢れてきているのはわかっていたけれど、こんなにもだとは思わなかった。

「こんなにも濡れているのに、駄目なのか？」

「んぅ……っ……だ、め……」

触ってほしいと強く思ってしまう自分に、呆れてしまう。

アルフレッドはショーツの隙間から指を入れて、蜜で満たされた花びらの間を弄る。そのたびにグチュグチュいやらしい音が聞こえて、ローズの羞恥心を煽った。

「ん……ぁっ……！」

「身体は俺の愛撫に応えてくれるのに、心はまだその男にあるのか？　一体どんな男だ。教えてくれ。俺の知っている男か？」

腰を持ち上げられ、お尻を付き出す格好にさせられた。

これでは、恥ずかしい場所が丸見えだ。

「や……っ……こ、こんな格好……嫌……恥ずかしいの……やめて……」

なんとか元の体勢に戻そうとしても、アルフレッドの力には敵《かな》わない。ただあられもない恰好で、お尻を左右に振るという恥ずかしい動きをしただけになってしまった。

「教えてくれたら、考えよう」

そんなこと言われても、そんな男性はどこにもいないのだから、教えようがない。

首を左右に振ると、長い指が花びらの間を往復し始めた。でも、花芽には触らない。腰がガクガク震えて、お腹の奥がキュゥッと切なくなる。

そこに、触れてほしい……。

刺激が欲しくて堪《たま》らない花芽に、指を導こうと腰が自然と動く。しかしアルフレッドは、決してそこに触れようとしない。

あまりにも切なくて、さっきとは別の意味の涙が出てくる。

「ここに触れてほしいか？」

「ぁんっ！」

触れるか触れないかの力加減で、花芽をふにふに突かれ、ローズはビクビク身悶えを繰り返す。

「触れてほしかったら教えてくれ。そうしたら指でも弄ってやるし、しゃぶってやるぞ」

悪魔の囁《ささや》きだ。

耳元で囁かれると、ゾクゾクする。

「……っ……」

どうしたらいいの……。

だって、そんな人いない。適当に実在の人物を挙げたら、その人に迷惑がかかってしまうし、嘘を吐いて誤魔化すこともできない。

枕に顔を押し付け、必死に声を我慢しながら、首を左右に振る。

「俺がその男に何かすると思っているのか？」

「ち、違っ……ひぅっ……あ、あぁ……っ」

甘い蜜を溢れさせている膣口に指を差し込んだアルフレッドは、抽挿を繰り返し始める。そのたびにヌチュヌチュ淫らな音が聞こえ、掻《か》き出された蜜がシーツに滲みを作る。

「……まあ、いい。聞いたところで、お前をどんな男にも渡すつもりはない」

初めは一本だけで精一杯だった中は、今ではもう一本受け入れるようになった。二本の指で掻きまぜられると、気持ちよくて堪らない。

「んんっ……ぁっ……だめ……だめぇ……っ」

気持ちよくて、理性が上手く働かせることができなくなってきた。

それでもなんとか頑張って首を左右に振って、これ以上はやめてほしいと訴える。しかしアルフレッドは指を動かし続け、後ろから長い舌で敏感な花芽をヌルヌル転がす。

「やぁ……っ……んぅっ……ぁっ……あぁっ……は……ぅっ……あっ……あぁっ……んっ……あっ……ん――……っ！」

待ち望んでいた刺激を与えられたローズは、あっという間に絶頂へと押し上げられる。

それから何度も達《い》かされたローズは、感じすぎて力が入らず、指一本も動かせないほどになっていた。

アルフレッドが腰を支えているため、お尻を突き上げた恥ずかしい恰好のままだ。

淫らな声が恥ずかしくて枕に顔を押し付けていたけれど、途中であまりの息苦しさに顔を上げ、結局はあられもない喘ぎ声を響かせてしまった。

アルフレッドやエルザに対する罪悪感以上に、好きな人に触れてもらえたという満足感が心と身体を満たしている。

私、最低だわ……。

どうして、自分のことばかりしか考えられないのだろう。

衣擦《きぬず》れの音が聞こえる。また、何度かそうしているように、欲望を花びらの間に擦り付けられるのかと思っていたら、膣口に欲望を宛がわれた。

「あっ……」

いつもと違う雰囲気に、心臓が大きく跳ね上がる。

「ローズ、挿《い》れるぞ」

身体だけでも、彼の全てを受け入れたいと思っていた。

でも、本当にいいのだろうか。今でもアルフレッドとエルザの気持ちを考えたら、最低なことをしている。でも、最後まで抱かれたら、もっと二人を傷付けることになるのではないだろうか。

「まっ……待って……あっ⁉　あぁっ……！」

アルフレッドは、待ってくれなかった。

狭い膣口が、ゆっくりと大きな欲望に押し拡げられていく。

時間をかけて指で慣らされていたとはいえ、指とは比べ物にならない大きさだ。強い痛みが襲ってきて、たっぷりされた愛撫でとろけていた身体に力が入る。

「や……ぁっ……痛……っ……い……」

「すまないな。なるべく早く終わらせる。少しの間、我慢してくれ」

背中に枝が突き刺さった時、これだけの強い痛みを体験したのだから、今後の人生、少々の痛みは耐えられるだろうと思っていた。だが、破瓜《はか》はそういった類の痛みとはまた別物だった。

腰を進められるたびに、内側から押し拡げられる痛みが襲ってきて、枕を握る指に力が入る。

「ひぅ……っ」

「ローズ、力を抜いてくれ。力を入れると入らない。それに余計辛くなる」

ローズは息を乱しながら、できるだけ力を抜いた。

エルザとアルフレッドに罪悪感を覚えながらも、最後までしてもらうように持っていっている自分の浅ましさに、改めて呆れてしまう。

「ああ、そうだ。上手だな。……っ……もうすぐ、全部入るから、頑張ってくれ……後少しだけ、力を抜けるか？」

今でも痛みで力が入りそうになるのを必死で堪えているのに、これ以上だなんてどうしたらいいかわからない。

「……っ……で、きな……」

「すまない。無理を言っているな。……こうしたら、どうだ？　少しは力が抜けるか？」

アルフレッドの指が、痛みで引き攣っていた花びらの間を滑って、膨れた花芽をプリプリ撫でた。

「ぁ……っ！」

砕け散っていた快感が再びやってくる。アルフレッドの欲望をギュッと締め付けた後、身体から力が抜けていく。

アルフレッドは「いい子だ」と囁き、グッと欲望を突き入れる。奥にゴツリと当たった瞬間、一際強い痛みが襲ってくる。

「——……ひっ……あぁ……！」

花芽への刺激で抜けた力が、一気に戻ってきた。枕を握る指先は白くなり、痛みのあまり瞳からは大粒の涙がこぼれる。

「……っ……ローズ、全部入ったぞ」

とうとう私、アルフレッド様と一つになってしまった。

痛みの奥で、好きな人と身体だけでも結ばれた喜びと、アルフレッドとエルザに対する罪悪感が渦巻いている。

「できるだけ早く終わらせる、もう少しだけ耐えてくれ」

アルフレッドはローズの白いうなじにチュッと唇を押し当て、ゆっくりと抽挿を繰り返し始めた。

「う……ぁ……んぅっ……んっ……んっ……んっ……ぅ……ひぅっ……んぅっ……」

繋《つな》ぎ目《め》から蜜と破瓜の血が掻き出され、シーツを罪悪感の色に染める。欲望を受け入れている膣道が、燃えているみたいに熱い。

痛みを通り抜けると、痺《しび》れが訪れる。麻痺《まひ》しているのだろうか。擦《こす》られていくたびに辛さが薄れて、お腹の奥がゾクゾクしてきた。

内側から作り変えられていくみたいだ。

「ああ、血が出ているな……痛い思いをさせてすまない」

抽挿を繰り返されながら、柔らかな臀部《でんぶ》をしっとりと撫でられると肌がゾクゾク粟立ち、膣道をみっちり埋めているアルフレッドの欲望をより強く締め付けた。

「ぁんっ！　んっ……んぅっ……ぁっ……んんっ……ふ……んぅっ……ひぅ！」

「指で弄られるのが気持ちよくなったように、慣れていけば、これでも気持ちよくなれる。早く気持ちよくさせたい」

慣れていけば――ということは、これから何度も抱くということだ。

駄目だ。一度だけでなく、何度もなんて、アルフレッドとエルザに申し訳がない。

「や……ぁっ……だめ……っ……んっ……だめ……も……ぅ……できない……っ」

「お前が嫌がっても、俺は絶対にお前を離さない。お前を抱ける男は今も、これからも俺だけだ」

抽挿がだんだん早くなっていくと、遠ざかっていた痛みが戻ってくる。

「痛……っ……んぅっ……ぁっ……あぁっ……んっ……ぁっ……んんっ……あぁっ……」

痛みと興奮、混乱で、頭がぼんやりしてくる。

やがてアルフレッドはさらに激しく腰を動かし、やがてローズの最も深い場所に情熱をたっぷりと放った。

アルフレッドは自国へ戻るまでの馬車や船の中でも、ローズの身体に情熱を刻み続けた。

第六章　いつでも見つけてくれるのね。

自国へ戻ったローズは、結婚式の件で決めることがたくさんあり、忙しい日々を送っていた。

結婚式まで半年を切っている。それまでに断ることのできない、いくつかの社交界にも顔を出さなければいけない。

結婚式に着るウエディングドレスや社交界に出向くためのドレス、それに装飾品や小物――決めなければいけないことがたくさんある。

それに加えて傷痕を消す方法を探さなくてはいけないため、ローズはすっかり疲れ切っていた。

どんどんウエディングドレスは仕上がっていくのに、傷痕を消す方法に関しては、収穫なしなものだから、時間も迫ってきていることもあって焦ってしまう。

ローズの父がなぜ、クリステルとの旅行に快い返事をくれたのか、帰ってきてからわかった。

クリステルから父に提案し、ローズとアルフレッドの二人が婚前旅行へ向かうように作戦を立てていたらしい。

父はローズが、婚約破棄をしたいと口にしていたことを気にしていた。

背中に傷のある娘――アルフレッドが人格者だということは、幼い頃から彼を知っている父はわかっている。しかし、結婚は一生の問題だ。急に嫌になってもおかしくない。

それにローズ本人が婚約をやめたいと言い続けていれば、いつ愛想を尽かされて、この話をなかったことにされるかわからない。

アルフレッドに逃げられでもしたら、傷のある娘を貰ってくれる良い家柄の男性は、もう見つからないかもしれない。

二人で旅行に行けば、男と女として、仲が深まるかもしれない。本来ならば婚約していても、婚前旅行など以ての外《ほか》だが、事情が事情だということで、クリステルの案に乗った。

父は複雑な気持ちだったようで、帰国しても旅行のことは一切口にしなかった。クリステルは根掘り葉掘り聞いてきたが、『一線を越えました』とは流石《さすが》に言えない。

しかし彼女はローズが真っ赤な顔をして口を噤《つぐ》んだことで、全てを察したらしかった。まだ傷痕を治して、婚約破棄をすることを諦めていないと言ったら、呆れたようにため息を吐かれてしまった。

「んっ……は……ぅっ……んんっ……んっ……んんっ……」

「いつもより声が控え目だな？　我慢しているのか？」

「……っ……だって、アリーヌに聞こえたら……」

「大丈夫だ。もう寝ている。アリーヌは一度寝たら、なかなか起きないからな。それにこの雨だ。雨音でかき消されて、外には聞こえないだろう」

帰国してから二週間が経つ。

アルフレッドと結婚式の打ち合わせを終えたローズは、オーバン公爵邸で彼と彼の両親とアリーヌと共にディナーを共にし、馬車で自邸へ帰る予定だった。

しかし強い雨が降ってきて、やむ気配がないため、今日は泊まっていくことになったのだった。

今までも、オーバン公爵邸には何度も泊ってきた。この国ではさっきまで晴れていたのに、いきなり大雨が降るなどと不安定な気候のため、馬車で走るのが危ないと判断した場合には、出先で宿泊することも少なくない。

いつも泊まることが決まった時にはアリーヌがはしゃいで、彼女の部屋か、ゲストルームのベッドで一緒に眠るのが習慣だった。しかし今日は、泊まることについては喜んでいたが、一緒に眠ろうとは誘われなかった。ローズから『今日も一緒に寝ましょう？』と誘っても、『嬉しいけど、今日は我慢するわね』とにっこり笑って断られてしまった。

大人になってきている証拠なのだろうか。ちょっと寂しいと思いながらもベッドに入ろうとしていたら、アルフレッドが訪ねてきて、ベッドに組み敷かれたのだった。

聡《さと》いアリーヌは、アルフレッドがこうして部屋を訪ねるのではないかと予想したのかもしれない。

これ以上、アルフレッドに抱かれてはいけない。彼とエルザに申し訳ないと思っていたローズだったが、迫られたら力では敵わない。

自国に帰ってきてからも二人きりになる機会があるたびに、こうして抱かれていたナイトドレスを脱がされ、全身にたっぷりと愛撫を受けて何度も達していたローズは、たっぷりと濡れた膣道をアルフレッドの欲望でみっちりと埋められ、情熱を刻み付けられていた。

「んっ……ぅっ……はんっ……んんっ……んー……っ……んぅっ……」

手で口を押さえても、わずかな隙間から淫らな声が漏れ出す。

激しい雨音に混じって、淫らな音が響く。

乱れた息遣いに、濡れた声、蜜で溢れ返った膣道に、欲望を擦り付けるグチュグチュといういやらしい音、抽挿のたびに軋《きし》むベッドの音――そのどの音もローズの興奮を煽り、同時に罪悪感を強めていく。

初めてアルフレッドを受け入れた時はあんなにも痛かったのに、今ではこんなにも気持ちがいい。

奥まで挿入された瞬間に達して、激しく突き上げられ続けている今、また絶頂が近付いてきていた。

「そんなに我慢されると、余計聞きたくなるな。お前の可愛い声で喘がれると、すごく興奮する」

アルフレッドは必死に声を我慢するローズの中にある弱い場所を、欲望でグリグリ擦り付けながら、花芽を指の腹で撫でた。

「あぁっ……！」

敏感な場所を同時に可愛がられたローズは、頭の中が真っ白になって身体の力が抜け、口元を押さえていた手が外れた。雨音に混じって、大きな嬌声が響く。

「……っ……だめ……アルフレッド様、も、もう……だめ……意地悪……しないで……」

涙目で訴えると、キスで唇を塞がれた。

「んっ……！」

唇を離した瞬間、キョトンと目を丸くするローズを見て、アルフレッドは口元を綻ばせる。

「すまないな。お前の可愛い反応が見たくてつい……手で押さえても出てしまうなら、こうして唇で押さえてやろう」

乱れた吐息を零す唇を、アルフレッドの唇で塞がれた。長く肉厚な舌が入ってきて、ローズの小さな舌を捉え、ヌルヌルと擦り付ける。

それと同時に激しく抽挿を繰り返されると、頭と身体の芯がジンと痺れて、あまりの強い快感に、強いお酒を飲んだ時のようにクラクラしてしまう。

「……っ……ン……んんっ……んっ……ふ……んぅっ……んっ……んんっ――……！」

腰が浮くほど激しく突き上げられ続けていると、足元から再び絶頂の予感が駆け上がってきて、頭の天辺を貫いていった。

「ン――……っ！」

アルフレッドの欲望をギュウギュウに締め付けながら、ローズは今日数度目になる絶頂に達し、彼もその締め付けに誘われて、快感の頂点へと昇る。

彼の欲望がドクンと脈打ったのがわかって、ローズはハッと我に返った。

中は駄目……！

「んんっ！」

腰を揺らして逃れようとしても、アルフレッドの欲望を奥にグリグリ擦り付けるだけとなった。

「や……っ……アルフレッド様、抜いて……中……出しちゃ、だめ……っ……赤ちゃん、できちゃう……っ……！」

「ああ、できたらいい」

「だめ……っ……そうしたら、も……婚約破棄、できなくなっちゃう……」

「できても、できなくとも、婚約破棄などするつもりはない」

アルフレッドはローズの狭い膣道に、たっぷりと欲望の証《あかし》を放った後も自身を引き抜かず、みっちりと彼女の中を埋めたままでいる。

「こうして俺ので蓋をしておけば、それだけ早くできないだろうか」

「やっ……だめっ……んぅっ……ぬ、抜いて……」

「嫌だ」

「アルフレッド様……っ！」

抗議するように名前を呼んでも、アルフレッドは抜いてくれない。

「子が出来れば、他の男に奪われる心配が、少しは減るだろうからな」

「す、少し……？」

「ああ、少しだ。お前は可愛いし、綺麗だし、とても優しく性格がいい。他の男の子を腹に宿したとしても、妻に迎えたいと思う男は多いはずだ」

アルフレッドは、お世辞を言う人間ではないと知ってはいるけれど、自分はそんな素晴らしい女性ではないのもローズは自覚している。

自分のことをからかっているのだろうか。

いや、そんなタイプでもないとわかっている。でも、あまりにも自分にとって相応《ふさわ》しくない褒め言葉だったので、つい疑ってしまう。

しかしアルフレッドの表情は、至って普通だ。お世辞を言っているようにも、からかっているようにも見えない。

「お前の好きな男が、そうでないことを祈る。……だが、勘違いはしないでほしい。そのためだけに、子供を作ろうとしているわけではないぞ。お前が好きだから、お前との子供が欲しいと純粋に思う気持ちの方がずっと大きい。お前は可愛いから、きっと可愛い子が生まれるだろうな」

「ぁン！」

嘘で好きなんて言われても、嬉しくない。思わず顔を逸《そ》らしてしまうと、耳朶《じだ》を食《は》まれた。

くすぐったくて、でも気持ちいい。身体がビクンと跳ね上がり、まだ入ったままのアルフレッドの欲望を強く締め付ける。すると欲望が入っていると強く意識させられ、快感を生む。

「……今、中が締まったな？　耳も弱いのか？」

「や……っ！　い、言わないで……」

あ、あら……？

中に入ったままのアルフレッドの欲望が、また大きくなってきている気がした。気のせいだろうかと思っていたら、彼は再びゆっくりと抽挿を繰り返し始める。

「ひぁっ……⁉　あ……っ！　アルフレッド様……っ⁉」

たっぷりと放たれた情熱の証とローズの甘い蜜が混じり合ったものが、灼熱《しゃくねつ》の杭《くい》に掻き出され、シーツを淫らに染める。

「一度じゃ足りない。ローズ、もう一度抱かせてくれ」

「あっ……だ、だめ……ぁっ……あぁっ……！」

翌日、早めに起きて帰る予定だったのに、何度も抱かれて疲れ切っていたローズは昼まで起きることができず、結局自邸へ到着したのは夕方になってしまった。

◆◇◆

オーバン公爵邸に泊まった翌週、ローズはアルフレッドと共に王城の舞踏会へ参加していた。

幼い頃、アルフレッドとこうして舞踏会に参加し、ダンスを踊るのが夢だった。

社交界デビューした時には父にエスコートしてもらい、ホールでアルフレッドと一緒に初めてのダンスを踊った。

エスコートしてくれたのは父だし、家同士の付き合いがある男女が、ダンスを踊るのは普通のことだ。でも、夢が叶ったように感じて、すごく嬉しかった。

いつか恋人に……夫婦になったアルフレッドにエスコートしてもらって、ダンスを踊りたい。

まさかこんな形で叶うと思っていなかったローズは、あの頃、ホールに飾られたシャンデリアのように、貴婦人の首で輝く宝石のように、キラキラした気持ちを心に抱いていた。

でも、ズルして夢を叶えても、嬉しくないわ……。

ダンスを終えたローズは、アルフレッドと一緒に、ホールの端で使用人から飲み物を貰う。

アルフレッドはワイン、お酒の苦手なローズはレモンジュースを選んだ。

渇いていた喉に、レモンの酸味と炭酸が心地いい。

「ローズ、どうした？　元気がないな。具合が悪いか？」

「い、いいえ、なんでもないの。少し疲れただけ。一曲踊っただけで疲れちゃうなんて駄目ね」

色とりどりのドレスに身を包んだ花のように美しい女性たちが、中心でダンスを踊っている。

その中でも一際目立っているのはエルザだった。

彼女はひっきりなしに男性にダンスを申し込まれ、断るのが大変そうだ……というよりは、わずらわしそうだ。あれだけの数の男性の誘いを全て受けたら、足が棒になるどころか折れてしまう。

アルフレッドと二人でいるところを見られたら、エルザが受けた心の傷に塩を塗り込むようなものだ。それに彼だって見られたくないだろう。

今日のローズはエメラルドグリーンのドレスを着ていていた。胸元はリボンと一緒に白と薄ピンク色の百合《ゆり》のコサージュを飾り、アルフレッドの胸ポケットにもお揃いのコサージュが飾られている。彼のシャツの一部にもローズのドレスを彩っているレースが使われていた。

二人がパートナーだとわかるように、仕立て屋が意図的にそう作ってくれたのだ。

エルザに見られたら、彼女を余計傷付けることになってしまう。それにアルフレッドも気付かれたくないはずだ。

「えっと、なんだか暑いわ。私、バルコニーに出て、少し涼んでくるわね」

「そうか。では、行こう」

「い、いえ！　一人で行けるから大丈夫よ」

「駄目だ。暗いし、危ないだろう。それに可愛いお前を一人にしていたら、妙な虫が寄ってくる」

「えっ！　虫っ⁉　嫌だわ。そんなにたくさんいるの？」

ダンスホールは二階にあり、バルコニーの下は確か庭のはずだ。そこに大量発生でもしているのだろうか。

ゾッとして鳥肌が立った腕をさすっていると、アルフレッドがククッと笑う。

「虫と言っても本当の虫ではない。例えだ」

「例え？」

「ああ、可愛いお前を一人にしては、変な男が寄ってくると言いたかった」

逞しい腕で腰を抱かれ、心臓が大きく跳ね上がる。コルセットやドレスを着ていて、アルフレッドは手袋をしている。それなのに腰に宛がわれた手から、不思議と彼の熱い体温を感じる。

「……っ……そ、そんな方、いらっしゃらないわ」

こんなところをエルザに見られたら、彼女に嫌な思いをさせてしまう。慌てて離れようとしても、アルフレッドは抱いた腰を離そうとしない。

「無自覚なところがなおさら心配だ」

耳元で囁くように言われ、顔が熱くなる。思わず目が泳いでしまうと、遠くの方でクリステルの姿が見えた。

「あっ！　クリステルだわ」

クリステルも参加していていたのね！

「本当だな」

「クリステルとお話ししてきてもいい？　クリステルと一緒なら、心配ないでしょう？」

「ああ、そうだな。ゆっくり話してくるといい」

「ありがとうっ！」

アルフレッドはローズをクリステルの元まで送り、挨拶をしたところで「女性同士で話したいだろう」と気を遣って、そっと傍を離れてくれた。

「ローズ、見ていたわよ。素敵なダンスだったわ。夢が叶ってよかったわね。アルフレッド様にエスコートしてもらって一緒にダンスを踊るのがあなたの夢だったものね」

「ありがとう。でも、ちっとも嬉しくないの。ズルして叶えたんだもの」

「わざと傷を付けたわけじゃないんだもの。ズルじゃないでしょう。キッカケにすぎないわ。ほら、私とはいつでも話せるんだし、アルフレッド様のところへ戻りなさいよ」

「お願い。もう少しだけ、私と一緒に居てくれないかしら？」

「どうしたの？　喧嘩《けんか》……しているようには、見えなかったわね。さっき、腰まで抱いてたし」

み、見られていたのね……。

「今日、エルザさんも参加しているでしょう？　なるべくアルフレッド様と一緒にいるところを見られたくないの……」

「過去の女なんて、気にすることないじゃない。堂々としていなさいよ」

「過去じゃないわ。私のせいで仕方なく別れただけだもの。私と婚約を解消したら、またお付き合いするはずだわ」

「仕方なく……には、思えないのよねぇ」

そう呟くクリステルは、少し離れた所で貴族男性に話しかけられ、歓談するアルフレッドを意味深に眺める。

「どういうこと？」

「エルザさんがいるのは、この場に居る誰もが知っていると思うのよね。目立つし、有名だし。でも、アルフレッド様はエルザさんの方を全然見ないの。ローズのことばかり見て、愛おしそうに微笑んで……。もし、好きなのに仕方なく別れたのなら、エルザさんのことをチラチラ見ると思うのよね。でも、一切見ないの」

「きっと、意識して、あまり見ないようにしているのよ」

「うーん……そういうのとは違うの。もう、ローズしか目に入っていないって感じよ。そしてエルザさんもアルフレッド様を一切見ずに、あなたを見ている……というか、睨んでいるのよね」

「ズルして婚約者を奪った嫌な女だもの。睨まれて当然だわ」

「そうじゃなくて。アルフレッド様に対する愛情を感じないの。普通なら奪った女を睨むこともあるかもしれないけれど、それ以上に好きな方を見ない？　自分に置き換えて考えたら、どう？」

確かに……。

もし、自分がエルザの立場なら、アルフレッドを見ている方が多いだろう。

「本当は好き合ってなんかいなかったんじゃない？」

「でも、エルザさん本人が仰っていたのよ？　愛し合っていて、ようやく婚約できると思ったのにって……」

「愛し合って……ねぇ？」

眉を顰《ひそ》めたエルザが、小首を傾げる。

「……彼女、そんなに一途《いちず》には見えないわ。男性関係が派手だって有名らしいわよ？」

「ただの噂よ。とても綺麗だから、嫉妬した心無い方が流している嘘に決まっているわ」

「そうかしら？　こうして見ている限り、私はただの噂とは思えないけれどね」

クリステルがアルフレッドからエルザに視線を移すのを見て、ローズもそちらに視線をやる。

エルザが声をかけられた男性と歓談していた。彼女は会話を楽しみながら、男性の腕や手などに何度も触れていた。

　まるで恋人みたいな雰囲気で、アルフレッドと別れて間もないのに新しく付き合い出したのだろうかと思っていたら、今度話しかけられた別の男性にも同じように接していた。

「アルフレッド様の元恋人って聞いてから、社交界に出る機会がある時には注意して観察するようにしてたんだけど、ずーっとあんな感じよ。ただの噂じゃないんじゃない？」

「そんな……」

　親戚か、家同士特別親しくあり、幼なじみの間柄の男性なのでは？　という可能性を口にしたが、彼らはエルザの親戚でもなければ、家同士特別親しいわけでもないらしい。

「厳格なアルフレッド様の好みが、あんな節操のない女性とはどうしても思えないわ。本当に愛し合っていたのかしら。ねえ、エルザさんから聞いたって言ったけれど、アルフレッド様からは聞いたの？」

「いいえ……アルフレッド様の口から、エルザさんのことを聞くのが怖くて……だって、嫉妬でどうにかなってしまいそうだもの」

「気持ちはわかるけど、聞いてみたら？」

　聞いたとしても、教えてくれるかしら……。

　優しいアルフレッドのことだ。本当は恋人関係にあっても、ローズに気を遣って『違う』と言うような気もする。

真実が知りたい。でも、知りたくない。

複雑な感情が頭の中でグルグル回って、気分が悪くなってきてしまう。

ぼんやりとエルザを眺めていると、彼女がハンカチを落とした。だがそのことに気付かず、どこかに移動してしまう。

「あっ」

彼女の周りにいた人間は、会話やダンスに夢中で、そのことには気が付いていないようだ。このままでは踏まれる。

「どうしたの？」

「ハンカチが……ちょっと行ってくるわね」

「え？　ハンカチ？」

「ええ、待っていて！」

説明している間にも踏まれてしまうかもしれないと、ローズはかなり言葉を省いた。後でちゃんと説明しよう。

ローズはドレスの裾を持って、早足でそこまで向かう。ハンカチが落ちていることに気付いていない男性が踏む寸前で、拾うことができた。

危ないところだった。

精緻な薔薇の刺繍《ししゅう》で彩られたハンカチ、踏まれなくてよかった。汚れていないようだけれど埃《ほこり》を払い、先を歩くエルザを追いかける。

「あの、エルザさん」

振り返ったエルザはローズの顔を見て、あからさまに不愉快を露わにした。

「あら、人の恋人を盗《と》っておいて、よくも話しかけられたものね。何かしら」

「……っ……あ、あの、ハンカチを落としましたよ」

ローズがハンカチを差し出すと、エルザが綺麗な顔を歪める。

「いらないわ。あなたに触られたハンカチなんて、汚らわしくて、もう使いたくないもの。処分してちょうだい。……それにしても、大したことのない怪我をするだけで、彼のような素晴らしい男性と結婚できるのなら、私も怪我をしてみようかしら」

エルザはローズをじろりと睨み、踵《きびす》を返そうとする。

「エルザさん……！　アルフレッド様とは、本当に相思相愛の恋人……だったのですよね？」

思わず、聞いてしまった。

少しだけ瞳を丸くしたエルザは、やがて赤い唇を吊り上げる。

「ええ、そうよ。私達はお互い愛し合っていた恋人だったの。……それとも何？　私が嘘をついているとでも？」

「い、いえ、そんなわけでは……」

「疑うのなら、アルフレッド様に聞いてみたらどうかしら？　まあ、彼は優しいから、あなたが気にしないように、恋人なんかじゃなかった……なんて、嘘をつくかもしれないけれど」

そう、よね……私もそう思うわ。

「彼ね、今でも私と会っているの。本当は私と結婚したかったって、ベッドの中で何度も言うのよ」

「……っ」

心臓が嫌な音を立てる。

ローズが目を見開き、瞳を揺らすのを見たエルザは、優越感に満ちた表情を浮かべた。

「お望みなら、彼がどうやって私を愛したのか……詳しく教えて差し上げましょうか？」

エルザは咄嗟に首を左右に振ったローズの手から、汚いものでも触るかのようにハンカチを摘まみあげ、近くにいた使用人に声をかけてそれを渡す。

「あら、そう。知りたいのなら、いつでもどうぞ。ちょっとあなた、これ、処分しておいてくれる？」

「えっ！　でも、……良いのですか？」

「ええ、盗み癖のある汚い猫に踏まれてしまったから、もう使いたくないの。気に入ったなら、

差し上げるわよ？　でも、やめておいた方がいいと思うわ。盗み癖が移ったら大変ですもの」

エルザはクスクス笑い、その場を立ち去った。

ローズがその場で固まっていると、誰かに肩を叩かれた。振り返ったら、アルフレッドが心配そうな表情で彼女を見つめている。少し遅れて、クリステルもやってきた。

「ローズ、どうしたんだ？　エルザ嬢に何か言われたのか？」

「急に行っちゃうんだもの。どうしたの？」

『お望みなら、彼がどうやって私を愛したのか……詳しく教えて差し上げましょうか？』

エルザの言葉が頭の中をグルグル回って、涙が出そうになる。アルフレッドの顔を見ていたら、余計に……。

「い、いえ、エルザさんがハンカチを落としたのが見えたから、追いかけてお渡ししただけなの」

「ハンカチ？　しかし、使用人に渡していたようだったが……」

流石にそのままを伝える気にはなれなくて、咄嗟に言い訳を考える。

「えっと、エルザさんが落としたように見えたのだけど、違ったみたいなの。だから使用人に渡していたの。ただ、それだけよ」

「本当に何か言われたわけではないのか？」

ローズとエルザの会話を、とても気にしているように感じる。

エルザとの仲で、ローズに知られてはまずい、やましいことがあるから、彼女と余計な会話をしていないか気になっているのだろうか。

胸が苦しい。

まるで外側から、強く押し潰されているみたいだ。

「え、ええ、本当よ……」

本当のことを言ったら、知りたくないことを知ってしまいそうで怖い。ローズは必死に笑顔を作り、なんとかその場を誤魔化した。

◆◇◆

舞踏会から一週間、ローズは以前にも増して、傷痕を消す情報を必死に探していた。しかし、薬は効果がそこまでないものや、長期間使ってみないとわからないものだったりと、相変わらず満足のいく情報を入手することができずにいた。

治せないのなら、隠すことができないだろうかと思い、ライラに協力してもらって、化粧品で隠すことに何度か挑戦しているが、どうしても不自然になってしまう。

準備は着々と順調に進み、結婚式の日がどんどん近付いてきて、焦りばかりが募る。

どうしたらいいの……。

結婚式まで、時間がない。このままだとアルフレッドの未来が、台無しになってしまう。

そうだ。本人がいなければ、結婚式は行えないのだから、最悪、この傷痕を消すことができなければ、どこかへ身を潜められないだろうか。

頼れる人といえば、クリステルだ。でも、彼女はアルフレッドとエルザなんて気にせず、彼と結婚した方がいいと言い続けている。

一度匿《かくま》ってくれても、アルフレッドにすぐ居場所を伝えるかもしれない。

それにローズがクリステルと繋がっていることは、家族全員が知っているのだから、やはり簡単にどこにいるかわかってしまうだろう。

どうしたらいいの……。

夕食を終えたローズはソファに座り、テーブルに置いてあるランプの光をぼんやりと眺めながら、答えのでない考えに没頭していた。

「ローズお嬢様、アルフレッド様がいらっしゃいました。部屋にお通ししてもよろしいでしょうか？」

「え？　どうして？　今日はお約束していないわ」

「アルフレッド様は、ローズお嬢様のお顔が急に見たくなったと仰っていましたわ。愛されていらっしゃいますね」

嬉しそうに笑うライラとは対照的に、ローズは表情を曇らせた。あの日からずっと、エルザの言葉が頭の中から離れない。

アルフレッド様が本当に会いたいのは、エルザさんよ。

「……ごめんなさい。今日はその、体調が悪くて、お会いできる気分じゃないの。せっかくで申し訳ないけど、お帰りになってと伝えて」

「まあ！　大変！　すぐにお医者様を……」

「い、いいえ、ただ少し怠《だる》いだけなの。だから少し横になれば大丈夫」

「そうですか。では、そうお伝えしてまいりますね」

「ありがとう」

部屋の扉が閉じたのを見届け、ローズは大きなため息を吐く。

エルザに言われたことは、誰にも話していない。いや、口にできなかった。

あれからというもの、ローズはアルフレッドをできるかぎり避けていて、一緒にいなければいけない時間を最小限に留めている。

本当は会いたい……。

視界が歪んで、気が付いたら涙が溢れて頬を伝っていた。

せめてアルフレッドの後ろ姿だけでも見たい。

ローズは窓辺に向かい、カーテンを少しだけ開く。すると部屋に足音が近付いてきているのに気が付いた。二人分の足音――。

まさか、ライラとアルフレッド様？

違ったとしても、こんな顔を見られたら心配させてしまう。理由を聞かれたら、答えられない。

外に出て、別の部屋に隠れる？　いや、もう足音は間近に迫ってきているし、外に出たら気付かれてしまう。窓から外へ……は、三階だし不可能だ。

隠れる所はないかと辺りを見回し、目に付いたのはクローゼットだった。扉をノックする音が聞こえた瞬間、ローズはクローゼットを開いて飛び込んだ。

「ローズお嬢様、アルフレッド様が心配してくださって、お顔だけでも見たいと……」

「ローズ、大丈夫か？　入るぞ」

ドレスの裾を挟まないように自分の方へ引き寄せ、急いでクローゼットの扉を閉めた。それとほぼ同時に、部屋の扉の開く音が聞こえる。

「あら？　さっきまでこちらにいらっしゃったのに。ベッドには……寝ていらっしゃいませんよね。どこへ行ってしまわれたのかしら。私、捜してまいりますね」

よかった。気付かれなかった。

左手でホッと胸を撫で下ろし、右手で嗚咽《おえつ》が零れないように口を塞ぐ。

ほとぼりが冷めるまで、ここでやり過ごそう。

「いや、捜さなくてもいい。居場所はわかっている」

「え？」

心臓がドキンと跳ね上がる。

まさか……ううん、わかるはずがないわ。

「二人で話がしたい。席を外してくれるか？」

「かしこまりました」

ライラが出て行く音が聞こえた後、ローズが隠れているクローゼットに、アルフレッドの足音が近付いてくる。

昔、母が亡くなって、こうしてクローゼットの中で泣いていた時、アルフレッドだけが見付けてくれたことを思い出す。

どうして、わかってしまうの？

アルフレッドはクローゼットの扉を開き、腰をかがめて涙を流すローズの頭を優しく撫でた。

「一人で泣かない約束を忘れてしまったか？」

ローズは首を左右に振って、涙を流す。

「……どうして、ここにいるってわかったの？　ドレスの裾、食《は》み出てた？」

「いや、食み出ていなかった。だが、なんとなくここのような気がした。どうして泣いているる？」

何も言えずに俯いていると、アルフレッドはローズを抱き上げた。

「あっ……！」

「体調が悪いと言っていたのは、嘘か？」

「……ごめんなさい」

「俺に会いたくなかったからか？」

図星を突かれたローズは、言葉を詰まらせてしまう。アルフレッドは彼女をソファに下ろすと、自身も隣に座る。

「随分と嫌われてしまったようだ。いや、他の男を想っているのに、色々と強引にしているんだ。無理もないんだが……」

「違うのっ！」

悲しそうに苦笑いを浮かべるアルフレッドを見て、ローズは勢いよく否定した。

「ローズ？」

女性として、肌に触れてもらえて嬉しかった。この婚約だって嬉しかった。このまま傷痕を治さずに結婚してしまえたらという狡《ずる》い考えが、何度も何度も頭に浮かんだ。でも――。

『彼ね、今でも私と会っているの。本当は私と結婚したかったって、ベッドの中で何度も言うのよ』

あんなことを聞かされたら、狡い女にはなれない。

好き……ずっと一緒にいたい。他の女性と結婚してほしくない。でも、好きだからこそ、幸せになってほしい。

幸せになるには、やっぱり自分が想う人と一緒にならないと――。

「嫌いなんかじゃ、ない。好きよ……男の人として、好き……本当はアルフレッド様じゃない人が好きなんて、嘘なの……」

「俺を気遣って、喜ばせようと思って、そう言ってくれているのか？」

「違うわ。本当よ」

傷痕を治せない。逃げても逃げ切れる可能性は少ない。それなら、真摯に話し合う方が、婚約破棄に繋がるかもしれない。

「では、なぜ、婚約破棄をしたいと……」

「……アルフレッド様、嘘をつかないと約束してくれる？」

ローズは涙を拭い、アルフレッドのアメジストの瞳をジッと眺める。

「ああ、もちろんだ。お前に嘘などつかない」

「例え私が傷付くことでも、真実を言ってくれる？」

「ああ、もちろんだ」

「神に誓って？」

「神に誓う」

「陛下にも誓える？」

騎士団長であるアルフレッドは、王に忠誠を誓っている。王は彼にとって神よりも尊い存在だ。

「ああ、陛下にも誓う。それ以上にお前にも」

アルフレッドはローズの小さな手を包み込み、真《ま》っ直《す》ぐに彼女の瞳を見つめた。

嘘偽りなど決してない、曇《くも》りない瞳だった。

本当のことを言ってもらえる。

根拠はない。でも、なぜかそう確信できて、ローズはホッと安堵したのと同時に、ついに真実を告げられるのだ、と恐怖を覚えた。

「じゃあ、聞く……わね」

「ああ、なんでも聞いてくれ」

「私が好きなんて嘘よね？」

「本当だ」

「アルフレッド様が好きなのは、エルザさんよね？」

「いや、俺が好きなのはお前だ」

たった今誓ったばかりなのに、アルフレッドはサラリと嘘を吐いた。

「今、真実を言ってくれるって約束したばかりじゃないっ！　神と陛下と私に誓ってくれたのは、どうなったのっ！」

「真実だが」

ここまできて、まだ嘘をつくなんて！　と苛立ったローズは激昂《げっこう》して立ち上がり、大声を上げた。

「アルフレッド様が好きなのは、エルザさんでしょう！　傷付いたっていいから、本当のことを言って！　気を遣ってくれるのは嬉しいけれど、嘘をつかれる方が、傷付くことだってあるのよ」

「嘘ではない。お前に嘘をついたことなど、今まで一度もない。エルザ嬢とは婚約しようとしていた。だがそれは、愛情があってのことではない」

「でも、エルザさんはアルフレッド様と相思相愛だったって、恋人だったって言っていたわ。……っ……今も、会っているって……べ、ベッドで、エルザさんと結婚したかったって言ってるって……」

一度止まった涙が溢れて、床にポロポロ落ちていく。

「そんなことを言っていたのか。全部嘘だ。そんな事実は一切ない」

「エルザさんは、アルフレッド様は優しいから、私を傷付けないように、嘘をついてそう言ってくれるって……」

「計算高いな。エルザ嬢には余程、恨まれているようだ。まあ、こちらの都合で振り回してしまったのだから、当然だが……その方向がお前に向くのはいただけない。しっかりと抗議させてもらう」

「……違う、の？」

「ああ、違う。順を追って説明させてくれ」

目を丸くしたローズは呆然としたまま頷き、アルフレッドに促されて再びソファに腰を下した。

アルフレッドはローズの涙をハンカチで優しく拭ってくれる。自分でできるからと言っても、彼は止めようとしない。

「お前のことは小さい頃から見てきて、本当に自分の妹のように思っていた。今までも、これからも、ずっとそうだと思ってきたが、成長するにつれて、お前を一人の女性として見るようになって、男として好意を持つようになった」

「えっ……でも、私が何度告白しても、アルフレッド様は私のこと、いつまでも可愛い妹だって言っていたわ」

「妹として見てきた女の子を、成長したからといって恋愛対象として見るなど、許されることではないと思っていた」

真面目なアルフレッド様らしいわ。

「だが、気持ちが上手く切り替えられなくてな……どうしたらいいか焦った。父にお前との結婚を勧められて、心の中で密かに喜んでいる自分がいることになおさら焦って、どうしようかと考えた時、他の女性と家庭を築くのが一番お前を忘れられると思った。そんな時にたまたま父の持ってきた婚約話の相手がエルザ嬢だ。好きな女性を忘れるために結婚するなど、相手に失礼だと思ったが、彼女も俺に対して恋愛感情を抱いていない。それどころか子を産んだら愛人を作りたいと言っていたから、ちょうどいいのではないかと思ってな」

「えっ……じゃあ、恋人だったたっていうのは、エルザさんの……」

「ああ、嘘だ。『本当は他に好きな女性がいる。婚約の話はなかったことにしてくれ』と、一方的に話しを進めたから、怒らせてしまったのだろう。恐らくその腹いせだ。俺に怒りを向ける分には当然だが、お前には嫌な思いをさせてしまった。すまない……」

「でも、どうして、いきなり私と結婚してくれる気になったの？　他の女性と結婚して忘れると思っていたぐらい、私との結婚はありえなかったのでしょう？　やっぱり、この傷痕を気にして……？」

「それは違う。お前が生死の境を彷徨《さまよ》ったのがきっかけだ。お前が死にかけてしまった時、なぜつまらないことで悩んでいたのだろうと後悔した。今までは妹同然の女性を男として想うなど許されないことだと思っていたが、どうでもよくなった。お前に抱いている気持ちは、どう頑張っても誤魔化せないと思ったんだ」

「アルフレッド様……」

「お前はいつも人のことばかりだ。お前の母上が亡くなった時は、父上とジャンを悲しませないように必死だった。そして今度はアリーヌを助けようと自らを犠牲にした。俺が知らないだけで、他にも自分を犠牲にして、他者を助けようとしたことがたくさんあるはずだ。お前が自分を二の次にするのなら、俺がお前を一番に大事にしたい。その資格が欲しい。そう思った。傷痕の責任を取ろうとしたわけじゃない。俺はお前が好きだから求婚したんだ」

拭ってもらったばかりなのに、ローズの瞳からは大粒の涙が次から次へと溢れていく。

「私、傷痕のせいで、無理して私と結婚しようとしているんじゃないかって……だから、傷痕を消そうと必死だったの……」

「やはりお前は自分を後回しにして、人のことばかりだ。それに傷痕のせいではないと、前から言っていただろう?」

手の甲で溢れる涙を拭っていると、アルフレッドがまたハンカチで拭いてくれる。

「アルフレッド様は優しいから、私に気遣ってくれて嘘をついてくれているんだと思ったの。でも、私、忘れていたわ」

「忘れていた?」

「ええ、アルフレッド様は昔から、私に一つも嘘なんてつかなかった。結婚してほしいって言う私の告白……私はもちろん本気だったけれど、子供のおままごとだって取られてもおかしくない。そんな私の告白を茶化したり、流したり、適当な返事なんてせず、真剣に答えてくれた」

「ああ、ジャンにそのことで良く怒られていたし、お前を泣かせてしまったな。すまなかった」

ローズは首を左右に振って、ハンカチで涙を拭ってくれていたアルフレッドの大きな手を握った。

「あの時は悲しかったわ。でも、アルフレッド様のそういう真摯なところが好きなの」

それにあの時、ローズが喜ぶ言葉を適当にくれたとしても、それが嘘ってわかった時にがっかりしてしまう。彼はそのことがわかっていたから、真剣に答えてくれたのだろう。

アルフレッドの手の温《ぬく》もりを感じながら、大人になってから告白した時のことを思い出す。

そういえば彼は『お前は俺の可愛い妹だ』と言っていたが、『女性として見られない』とは一度も言っていなかった。

アルフレッドは一度も嘘などついていなかった。

「……あのね、私は人のことばかりじゃないわ。私、傷痕を治して、婚約を解消しなくちゃって必死だったけど、その中でいつも、このまま治らなければいいのに……そうすればアルフレッド様と結婚できるのにって、何度も思ったもの」

「そうか」

嬉しそうに微笑むアルフレッドの顔に見惚《みと》れていたら、彼から唇を重ねられた。触れるだけの可愛らしいキスで、ローズが目を丸くし、照れ笑いを浮かべると、今度は深く求められる。

「んぅっ……んっ……んんっ……ふ……」

両想いだとわかってからのキスは、いつも以上に気持ちがいい。ローズは夢中になって舌を動かし、アルフレッドのキスに応えた。

お腹の奥が疼き出して、たちまち花びらの間が潤んでいくのがわかる。

アルフレッドに何度も抱かれた身体は淫らに変化し、少しでも彼に触れられると、深く繋がりたくなってしまう。

「アルフレッド様、大好き」

「久しぶりに聞いたな」

「心の中ではたくさん言っていたわ。これからはまた前みたいに、こうして言うわね」

「ああ、嬉しい」

「アルフレッド様も言って？」

そうおねだりすると、アルフレッドが「改めて言われると照れるな」と気恥ずかしそうに頬を染める。

「ふふ、アルフレッド様、可愛い」

「可愛いのはお前だ」

アルフレッドはローズをソファの上に組み敷くと、頬に何度もキスをする。

「んっ……ふふ、くすぐったい。恥ずかしいと言いたくない？」

「そんなことない。ローズ、大好きだ」

「嬉しい」

「お前が喜んでくれるなら、何度でも言う。ローズ、好きだ。愛してる」

強く抱きしめられ、唇を吸い合う。

身体を重ねなくても、こうしているだけで幸せだ。そう思っていたら、アルフレッドの手がドレスの上から豊かな胸を包み込む。

「あっ……アルフレッド、様？」

「キスだけじゃ満足できない。もっとお前が欲しい。駄目か？」

ローズは首を左右に振り、頬を染める。

「わ、私もね。もっとアルフレッド様にもっと触れてほしいって、思っていたの……でも、今日はお父様とジャンお兄様がいて……ぁっ……」

胸を撫でる手はそのままに、もう一方の手がドレスの裾から潜り込んできて、ショーツの上から花びらをなぞった。

指が動くと同時に、クチュクチュ淫らな音が聞こえてきて、恥ずかしいことを言って熱くなった顔がなおさら火照る。

「ああ、本当だな。もう、こんなに濡れている」

「やんっ……ぁ……っ……だ、駄目……アルフレッド様、声……出ちゃう……外に聞こえ……ぁんっ！」

ショーツの上から花芽を撫でられ、ローズは甘い刺激にビクビク身悶えを繰り返す。こうして触れられるのも気持ちいいけれど、直に触ってほしくて堪らない。

「では、やめた方がいいか？」

アルフレッドが少しだけ意地悪な笑みを浮かべ、指の腹で花芽をプニプニ突きながら尋ねてくる。

「……っ……ン……！　や……んっ……ぁ……」

自分で駄目と言ったのに、今やめられたら、泣いてしまいそうなほど身体が熱い。

アルフレッドの逞しい胸板に顔を押し付けながら、ローズはふるふる首を左右に振った。

「なるべく声を抑えないといけないな」

瞳を細めたアルフレッドは、しがみ付くように抱き付いているローズの頭を撫でて、ドレスのボタンに手をかけた。

乱されたドレスからのぞいた肌は、興奮で桜色に染まっている。コルセットの紐を解かれると、期待した身体がより熱くなるのを感じた。

ぷるりと零れた胸を揉み抱かれ、激しい愛情をぶつけるように尖りをしゃぶられると、声が我慢できなくなってしまう。

「あぁんっ！　んっ……んぅっ……は……ぅっ……んぅっ……！」

咥内でたっぷりと可愛がられた胸の先端はツンと尖り、赤く淫らに色付いていた。指や舌先を使って捏ねくり回され、膣口からは悦びの涙がとめどなく溢れる。

口元を手で押さえて必死に声を出さないように努めているとショーツをずり下され、足を左右に大きく拡げられた。

アルフレッドがまじまじと恥ずかしい場所を眺めてくる。こうしてここを見られるのは初めてではないけれど、何度見られても恥ずかしい。

「や……そ、そこ、見ちゃ嫌って、いつも言ってるのに……」

「無理だ。可愛いから、たくさん見たくなる」

「そんな……ぁんっ！　んんっ……ふ……んんっ……」

割れ目の間をねっとり舐められ、ローズは大きな嬌声を上げそうになるのを手で押さえることでなんとか堪えた。

アルフレッドは花芽を唇と舌で可愛がりながら、長い指を小さな穴に押し込んだ。外側と内側、同時に弱い場所を弄られると、おかしくなりそうなほどの快感が襲ってくる。

「ん——……っ！」

口を押さえておいてよかった。そうでなければ、外まで聞こえそうなほどの大きな声が、間違いなく出ていた。

秘部を指と口で可愛がられたローズは、何度も絶頂に達した。キスと同様に、両想いだとわかってからの方が何倍も気持ちがいい。

顔を上げたアルフレッドは絶頂に痺れるローズを満足そうに見下ろし、ベルトのバックルを外して前を寛がせ、血管が浮き出るほど大きくなった自身を取り出した。

もう、手に力が入らない。口を押さえようとしても、最後まで宛がっている自信がない。挿れられたら、先ほど以上に大きな声が出るのは確実だ。

「アルフレッド様、待って……」

「どうした？」

「私の口、布か何かで押さえてほしいの。手で押さえていられなさそうなの……」

「強引に襲っているみたいだな。……いや、今までもそうだったんだが」

「あ、あれは、襲われたんじゃないわ。嫌だって言ったけど、本当は嬉しかったもの」

照れながらも小さな声で本音を離すと、チュッと唇を重ねられた。

「んっ」

「こうして、キスで塞ぐのはどうだ？」

「唇が離れた瞬間、大きな声が出ちゃいそう……」

「うつ伏せになってするのはどうだ？　クッションで押さえれば……」

「アルフレッド様の顔を見て、したいの……駄目？」

「……そんな可愛いことを言われたら、駄目だなんて言えるはずがないな。苦しくなったら、すぐに言ってくれ……と言っても、声を出せないな。肩を叩いて合図してくれ」

アルフレッドは首元を飾っていたクラヴァットを解いて、それでローズの口元を覆い、後ろで結ぶ。口元が完全に覆われた。試しに声を出してみると、予想通り手で押さえているのと同じくらい声を抑えることができた。

「大丈夫か？」

ローズが頷くのを見届けたアルフレッドは、熱い蜜を零し続けている膣口に己を宛がう。

「ローズ、挿《い》れるぞ」

「ン……ぅ……」

灼熱の杭がゆっくりと中に入ってくると、気持ちよさのあまり肌がゾクゾク粟立つ。

「大丈夫か？」

中間辺りで止められて、低い声で尋ねられた。

そこで止められたら、焦らされているみたいだ。

早く……早く奥まで、来てほしい。

アルフレッドにすがりつきながらコクコク頷くと、最奥までみっちりと埋めてもらえた。

「――……っ……んんっ……！」

挿入されただけでまた達しそうになり、ローズはあまりの快感に悶え、潤んだ瞳から涙をほろりと零す。

「動いていいか？」

ローズの返事が来る前に、アルフレッドは我慢が出来ない様子で、既に腰を動かし始めていた。

「すまない。我慢できなかった」

早く動いてほしかったローズは、むしろそれでよかった。こういう時、声が出せないのは、もどかしい。

ローズがふるふる首を左右に振ったのを見て、アルフレッドの抽挿は遠慮のないものになっていく。

「んっ……んぅっ……ふ……んんっ……んっ……んっ……んんっ……！」

敏感な場所に緩急を付けながら擦り付けられると、甘い快感が襲ってくる。下がった子宮口に膨らみがゴツゴツ当たるのも堪らない。

布で押さえられているから声の心配はないけれど、打ち付けられるたびに響く淫らな音が外へ聞こえないか不安だ。

でも、そんな不安も次々と与えられる快感で、すぐに砕けてしまう。

「ローズ、気持ちいいか？　俺はすごく……気持ちがいい……お前の中はいつも狭くて、俺のにねっとり絡み付いて、ずっとこうしていたいと思うぐらいだ……」

息を乱しながら、低い声で余裕がなさそうに言われると、より興奮を煽られて、身体の中が熱くなっていく。

「んぅっ！　んっ……んっ……んっ……んん――……っ！」

一際強く突かれた瞬間、ローズは絶頂に達した。彼を包み込んでいる幾千もの襞《ひだ》が蠢《うごめ》いて、奥からドッと蜜が溢れる。

「……っ……く……すごい締め付けだな。ローズ、達《い》ったのか？　全て搾り取られてしまいそうだ……」

アルフレッドも自身の絶頂に向けて、抽挿を激しくしていく。

「んんっ！　んっ……んぅっ……んっ……んんっ……んっ……んん……っ！」

達したばかりの身体はとても敏感になっていて、辛いと思うほど感じてしまう。

「ローズ、すまない。取るぞ」

「んぅっ？　んっ……あっ！」

口を覆っていた布を外され、唇を奪われた。

「……っ！　……んっ……んんっ……」

アルフレッドはローズの唇を情熱的に求めながら、最奥にたっぷりと欲望を放った。

「あっ……んぅっ……んー……っ」

奥にグリグリ擦り付けられ、熱い飛沫《しぶき》をかけられる刺激で、ローズはまた達してしまう。

「も……どうして取っちゃうの？　大きな声、出ちゃうところだったわ……」

「すまない。キスしたいのが、我慢できなかった」

気恥ずかしそうに笑うアルフレッドが可愛く見えて、愛しさで胸がいっぱいになり、ローズは自ら彼の唇を奪った。

アルフレッドはアメジストの瞳を丸くし、口元を綻ばせる。

「お前からキスしてもらえるのは、久しぶりだな」

「前のは、事故だもの。自分からするのは初めてよ」

「そういえば、そうだったな。これからも、たくさんしてくれ」

「ええっ……そ、それは……」

「嫌か？」

「まさか！　恥ずかしいだけ。あの、私からしたら、アルフレッド様は嬉しい？」

「ああ、もちろんだ」

「じゃあ、恥ずかしいけど、勇気が出た時にはするわね」

「楽しみにしている」

嬉しそうに笑うアルフレッドに、ローズはもう一度自分からキスをした。アルフレッドは離れていこうとするローズの頭を引き寄せると、今度は彼の方から唇を奪う。

「ん……」

深いキスをしながら、アルフレッドはローズの背中にある傷痕を大きな手で撫でた。

温かい――。

そこから彼の温もりが伝わってきて、心の中まで拡がっていく。

人を好きになるって、心がとても忙しい。

恋は楽しいだけとは言えない。胸が抉《えぐ》られる経験もした。

でも、『好きにならなければよかった』と思ったことは、昔も、今も、一度もない。そして、これからも、ずっと――。

◆◇◆

数日後の午後、ローズはクリステルと共に王城へ来ていた。第一王女マリーの開くお茶会に招かれたからだ。

王城には、アルフレッドがいる。偶然すれ違えないだろうかと少し期待してしまう。ちなみにクリステルには昨日、彼と両想いになれた報告を済ませていて、手作りのケーキでお祝いをしてもらっている。

今日はとても天気がよかったので、お茶会は庭で行われた。

テーブルには色とりどりの美しいお菓子が並び、椅子に座るのはお菓子に負けないほど美しく着飾った貴婦人たちだ。

その中にはエルザの姿もあり、やや気まずい。席が離れているのが救いだ。でも、睨みつけられているのがわかる。

「ローズ、気にしちゃ駄目よ」

クリステルが気付き、心配してこっそり耳打ちしてくる。

「ええ、大丈夫よ。ありがとう」

自分のせいで婚約が解消になったのは、申し訳なく思う。でも、ローズだって、彼女に酷《ひど》い嘘をつかれたのだ。

以前なら罪悪感で身を縮こまらせていたところだが、シャンと背を伸ばして、「自分は気にしていません」という態度を見せようと堂々振る舞う。それが気に食わないようで、エルザはますます睨んでくる。

無事にお茶会を終えたローズは、クリステルと共に出口を目指して、アルフレッドとの惚気《のろけ》話をしながら、王城の廊下を歩いていた。

すると後ろからメイドに声をかけられ、足を止めて振り向く。

「ローズ様ですね？」

「ええ、何かご用？」

「アルフレッド様から言付けをお預かりしております。ローズ様にお会いしたいそうです。団長室へ来てほしいと」

偶然顔を合わせられるかもしれないと期待していたが、会えなくてがっかりしていたから、アルフレッドも同じことを思っていてくれて嬉しい。

「クリステル、ごめんなさい。私、アルフレッド様に会っていきたいわ。先に帰っていてもらえる？」

申し訳なさそうに謝るローズを見て、クリステルがクスッと笑う。

「いいのよ。どうせ別々の馬車なんだもの。気にしないで。じゃあ、次に会った時は、また惚気話《のろけ》を聞かせてね」

「ありがとう。じゃあ、またね」

「ご案内致します」

「ええ、お願い」

クリステルと別れたローズは、メイドに案内してもらって団長室を目指す。

団長室に入るのは初めてだ。いつもアルフレッドが仕事をしている部屋、どんな所だろう。楽しみだ。

メイドの後ろを付いて行くと、薄暗い廊下に出た。どうしてだろう。先ほどまでアルフレッドに会えるとワクワクしていたのに、なぜか胸騒ぎがする。

ローズが付いてきているか確認するため、メイドが何度もチラチラ後ろを振り返った。その顔は、随分と顔色が悪いように見える。

「あの」

心配になって声をかけると、メイドがビクッと肩を震わせた。

「な、なんでしょう……」

恐る恐ると言った様子で尋ねられる。振り返ると、やはり顔色が悪い。

「あなた、顔色が悪いわ。もしかして、体調が悪いの？」

「いえ……そ、そんなことは……」

「大丈夫よ。案内は他の方に頼むから、あなたは休んでいて」

「……っ……ほ、本当に大丈夫です」

「そう？　無理をしているのなら……」

「大丈夫です……っ！」

声を荒げたメイドは、再び前を向いた。

「私などに……私のような最低な人間に、情けなど無用です……」

「え？」

「い、いいえ、なんでもございません。本当に大丈夫ですので、どうかご心配なさらず……さあ、もう少しで着きますので」

本当に大丈夫かしら……。

「ありがとう。無理しないでね。辛くなったら、すぐに教えて」

「……はい」

メイドの足取りが、先ほどよりも重くなった気がした。心配していると、廊下の突き当たりにある部屋の前で足を止める。

「あの、こちらのお部屋です」

団長室……というからには、もう少し他の部屋と区別された、少しは特別感のある扉なのではないかと想像していたが、廊下を歩きながら見てきた扉となんら代わりがない。

どうしてだろう。胸騒ぎが、どんどん強くなっていく。

メイドが扉をノックし、「ローズ様をお連れしました」と声をかけたが、中から返事はない。

「さあ、どうぞ」

自分で扉を開けるように促され、恐る恐る開くと後ろから「ごめんなさい……」という声が聞こえ、メイドに背中を押された。

「きゃっ⁉」

予想外の衝撃に驚いてバランスを崩し、そのまま前のめりに膝から倒れてしまう。その間に扉が閉められ、ガチャリと鍵をかける音が聞こえた。

何が起きたの……？

部屋の中が薄暗い。まだ昼間だというのに、カーテンを閉めているらしい。それに煙草《たばこ》の匂いがする。アルフレッドには、喫煙の習慣はないはずなのにどうして……。

「大丈夫？」

若い男の声だった。

その声に驚いてハッと顔をあげると、自分よりも少し年上の青年が、ローズを見下ろしていた。

薄暗いけど、どんな顔をしているかはわかる。見覚えがある顔だ。社交界で何度か見かけたことはあるが、名前までは知らない。

部屋にはベッド、ソファ、テーブルといったものしかなくて、明らかに団長室ではない。ただのゲストルームか、使用人の部屋だ。

ソファに座っているのは、エルザだ。パイプで煙草を楽しんでいる。

「……これは一体どういうことですか？　アルフレッド様が呼んでくださっていると聞いて、来たのですが、ここは団長室……ではありませんよね？」

「ええ、もちろん違うわ。さっきのメイドは、いつもこの部屋を使えるように、協力してもらっているの。ふふ、今日もね。あの子、お金にかなり困っているみたいなの。だから、協力してもらうたびに、少し恵んであげているのよ」

「使うって、なんのために……」

「もちろん、こうして逢引《あいびき》するために決まっているじゃない。こうして普段使うのは初めてだけど、王城で夜会が行われる時はしょっちゅうね」

「立てる？」

青年の差し出した手を断り、ローズは自らの力で立ち上がる。

「どうして嘘をついて、私を呼んだのですか？　お話がしたいのでしたら、こんな嘘をつかずに呼んでいただければ、お話しました」

「お話なんて、ふふっ……あなたとなんてしたくないわよ。あはっ……おかしなことを言うのね」

煙草の匂いと独特な雰囲気で、息苦しい。

「じゃあ、どうして……」

「私、人のものを盗るのは大好きだけど、自分のものを盗られるのは大嫌いなの」

答えになっていない。それにエルザが指しているのは、アルフレッドのことなのだろう。大事な人を「もの」扱いされたことにムッとする。

「アルフレッド様は、『もの』では……」

「あなた、アルフレッド様のことが小さい頃からずっと好きだったそうね。他の男性とはお付き合いしたこともないって噂で聞いたけれど、本当なのかしら？」

言葉を被《かぶ》せられ、最後まで言えなかった。

「そうです……」

「あらあら、噂は本当だったのね。やだぁ……ふふ」

なぜか馬鹿にしたように笑われた。なぜ笑われないといけないのだろう。

「アルフレッド様があなたを選んだのは、あなたが自分しか知らないからなのね。私があなたに劣るはずないもの。ようやく納得できたわ。古風な人は、そういうのを気にするって言うもの」

「さっきから仰る意味がわかりません。私はどうしてここへ連れて来られたのかをお聞きしていて……」

「彼ね、ドニスっていうの。私の恋人の一人よ。パスコ男爵家の三男なの」

『子を産んだら愛人を作りたいと言っていた』

アルフレッドの言っていたことを思い出した。恋人の一人ということは、他にもたくさんいるのだろう。

「ローズ、初めまして。僕、ずっとキミのことが気になっていたんだ。今日は楽しもうね。ここは」

「楽しむって、何を……」

「僕、結構上手な方だと思うよ。もしかしたら、婚約者よりも相性があっちゃったりして。もし、そうだったら、僕のこと愛人にしてよ」

ようやく言っている意味がわかって、ゾワッと鳥肌が立つ。

「た、楽しみません！　嫌です！　私、帰ります！」

扉を開けようとするが、鍵がかかっていて開かない。

「外から鍵をかけているから無駄よ。……他の男に抱かれても、アルフレッド様はあなたのことを選んでくださるかしら？　ああ、これから三人ほど増えるから、思う存分楽しんで頂戴。今日は私、見物させて頂くわ。そしてあなたの乱れた姿をアルフレッド様にご報告させてもらうわね」

にっこりと微笑むエルザが、悪魔のように見える。

「……っ……開けてっ！　誰か……っ！　誰か開けてっ！」

ドニスが手を伸ばしてきたのを躱《かわ》したが、扉から離れてしまった。

「強引にって言うのも、燃えるね」

舌なめずりをするドニスにゾッとし、後ずさりするがすぐに壁が背中に当たる。後は窓しかないが、ここに辿り着くまでかなり階段を上った。落ちたらただでは済まないだろう。運良く近くに木があったとしても、それを伝って下りることはローズの運動神経ではまず無理だ。

カーテンを開けたら、やっぱり相当高い。周りには木もなかった。

「残念ね。逃げ場はないわよ」

エルザがクスクス笑って、美味しそうにパイプから出る煙を吸う。

アルフレッド様以外の人に、抱かれるくらいなら……！

窓を開けようとした瞬間、扉を激しく叩く音が聞こえた。

「やだ、何？」

『ローズ、扉から離れていろ！』

それは、アルフレッドの声だった。

「アルフレッド様、助けて……っ！」

ローズが声を上げた次の瞬間、鍵のかかっている扉が、大きな音を立てて吹き飛んだ。

蹴って開けたらしく、扉の真ん中には大きなくぼみができている。逃げ遅れたドニスは扉が当たり、鼻血を出して気絶した。

「ローズ！」

名前を呼ばれ、ローズは震える足でアルフレッドの元へ駆け寄った。途中で足がもつれて転びそうになったが、彼がしっかりと抱きとめてくれる。

アルフレッドの後ろには、さっきここまでローズを案内したメイドが、青ざめた顔をして震えて立っていた。

「ローズ、怪我はないか？」

「ええ、大丈夫……来てくれてありがとう。もう、駄目かと思って……怖かった……」

涙がどんどん溢れてきて、ローズはアルフレッドの胸に顔を埋める。甲冑《かっちゅう》が少し痛い。それでも彼にしがみついていないと、おかしくなりそうだった。

「エルザ嬢、これはどういうことだ？」

鋭い視線をアルフレッドに向けられると、エルザは真っ青になって、あからさまに狼狽しだす。

「わ、私は彼女が、結婚前に男性と遊んでみたいっていうから、協力しただけで……」

「嘘よ！　男性と遊びたいのは、エルザ様の方だわ！　ローズ様は……こんな私を心配してくださって……ごめんなさい……」

メイドは膝から崩れ落ちて、両手で顔を覆って泣きじゃくる。

「彼女から全て話を聞いた。メイドを手引きして王城を私物化し、不埒《ふらち》な行いに耽《ふけ》るとは言語道断。このことは、陛下、そしてあなたの父上に報告させてもらう」

「そんな……っ！」

「ここまでは王に仕える騎士団長として話したが、ここからは一人の男として言わせてもらう。俺のローズに手を出そうなど、傷付けようとするなどふざけるな……！　陛下が裁きをくだされなくとも、俺が必ずローズが味わった苦しみを貴様たちに与える。覚悟しておけ」

アルフレッドが怒号《どごう》を放つと、部屋中がビリビリ揺れる。

こんなにも彼が怒ったところは、初めて見た。訓練中に騎士たちを怒っていた時以上に迫力があって、エルザはその場で気を失ってしまう。

「ローズ様、申し訳ございません……私、母が病気で……お金が欲しくて……でも、こんな私にローズ様はお優しくしてくださって……私、もう、耐えられなくて……」

「あなたがアルフレッド様を呼んでくださったの？　ありがとう」

「いえ……！　違うんです。私、ローズ様を捜すアルフレッド様に偶然話しかけられて……良心が痛んで……でも、私、話しかけられなかったら、きっと、そのまま知らないふりを……」

メイドは震えながらうずくまり、大粒の涙をこぼす。ローズはアルフレッドから離れ、彼女にそっと寄り添った。

「悪いのは、弱みに付け込んだエルザさんだわ」

「ローズ様……」

「だが、罪は罪だ。どんな理由があろうとも、お前のやったことは消えない。お前がローズをここへ案内しなければ、ローズはこんな目にあわなかった。俺はお前を許さない。感謝などしない」

アルフレッドの言葉に、メイドは両手で顔を覆い、泣きじゃくりながら頷く。

「アルフレッド様、あまり責めないで……」

アルフレッドは口を噤み、一度深呼吸をしてから再び口を開く。

「罪は償ってもらう。いいな」

「はい、申し訳ございませんでした……」

その後、王はエルザの父親に、淫らな行いに耽っていた彼女を更正させるよう命じ、エルザは修道院へ送られた。彼女に誘われるままに王城で淫らな行為を行ったものは、罰金刑に処されたとのことだ。

メイドは城を解雇になったが、ローズは父に頼み、彼女は現在貴族の屋敷に再就職を果たした。ローズは治療代の足しになるようにと自分の宝石を売って、少し援助をしている。それを知ったアルフレッドは彼女の宝石を買い戻し、自ら援助をしてくれた。

「アルフレッド様、ありがとう。でも、私、自分で出すわ」

「妻になる女性が使いたい金を、夫になる男が出して何がおかしい？」

「ふふ、ありがとう」

アルフレッドは仕事を終えると、毎日ルヴィエ伯爵邸に顔を出してくれる。彼はローズを隣に座らせておくよりも、膝の上に座らせる方が好きなようだ。二人きりの時は、いつも膝の上に座らされる。

「でも、甘すぎないか？　あのメイドのせいで酷い目にあわされたんだぞ。駆け付けるのが少し遅かったら、大変なことになっていた」

他の男性に触れられるくらいなら、窓から飛び下りようとしていたが、彼に更なる心配をかけそうなので黙っておくことにした。

あの日アルフレッドは、ローズが王城に来ているのを彼女から事前に聞かされて知っていた。ローズと同じく少しでも会えたら……と思い、彼女の姿を捜していたそうだ。

馬車に乗り込もうとしたクリステルを偶然見つけ、自分に呼び出されたと聞いたアルフレッドは、王城にエルザも来ていたことも知っていたので、すぐに彼女に何かされたのではないかと疑った。

メイドに声をかけられたと言っていたので、騎士たちにも協力してもらい、メイドたちに聞いて回り、見つけてくれたらしい。

「そんなことないわ」

「お前は優しいからな」

「そうじゃないのよ。あの子のため……と言うよりも、自分のためよ」

「なぜ、あのメイドを助けることが、お前のためになるんだ？」

「お母様のことを思い出すの。私のお母様は事故で亡くなったから、どう頑張っても助けられなかったけれど、あの子のお母様はお金さえあれば治る病気だって聞いて……あの子のお母様を助けることが、私のお母様を助けているような錯覚を覚えているだけ。だからこれは私の自己満足なのよ」

「そうか」

アルフレッドは柔らかく微笑むと、ローズの唇をキスで優しく塞いだ。

「……アルフレッド様、お願い……帰らないで？　今日はこのまま泊まっていけないの？」

「俺は構わないが、ルヴィエ伯爵もご在宅だ。部屋は別々だぞ？」

「いいわ。でも、鍵は開けておいてね？　私が夜に忍び込むから。そうしたら見つかったとしても、アルフレッド様は叱られないでしょう？」

「いい子のお前が、そんな悪いことをいつ覚えたんだ？」

耳にキスされ、ローズはビクリと身体を震わせる。

「んっ……アルフレッド様に教えてもらったのよ」

「そうか。悪い男だな」

「ふふ、そうなの」

悪戯を思い付いた子供みたいにクスクス笑い、また唇を重ね合う。

その夜、ゲストルームにこっそり忍び込むローズの姿を何人かの使用人が見かけていたが、皆口元を綻ばせ、誰も父に告げ口をする者はいなかった。

長年の想いをようやく実らせることができたローズを皆が祝福し、ルヴィエ伯爵邸では笑顔が絶えない日々が続くのだった。

エピローグ　夢だった未来を手に入れて

ローズとアルフレッドが結婚式を挙げて、数週間が経つ。

アルフレッドの父は婚約期間に彼へ家督を譲り、妻とアリーヌと共に、以前より建築していた別邸へ移り住んだ。

生まれ育った場所を離れるのは寂しくないか、別邸はここよりも田舎になるが、嫌ではないのだろうか。自分たちに気を遣っているのではないだろうかとアリーヌに尋ねたが、彼女は感受性が強いため、たくさんの人がいる都会よりも、田舎で気を許した少人数の人と自然に囲まれる方が伸び伸びと暮らせるらしい。

心残りはアルフレッドとローズに会えなくなることなので、泊まりたい時にはいつでも迎えてほしいと可愛らしいおねだりを残し、別邸へと引っ越して行った。

「ローズ?」

「きゃあっ⁉」

夜、先に入浴を済ませたローズは、夫婦の寝室にあるソファで、暖炉の火を見ながら考え事にふけっていた。あまりにも真剣で、アルフレッドが寝室に入ってきたことすら気が付かなくて、肩を叩かれ、悲鳴を上げてしまう。

「すまない。そんなに驚くとは思わなかった」

アルフレッドは隣に腰を下すと、子供をあやすようにローズの頭を撫でた。

「お、大きな声を出してごめんなさい。考え事をしていて……」

「考え事？　何か悩んでいるのか？」

「いえっ！　違うのよ。ちょっとしたことだから、気にしないで」

笑って誤魔化そうとしたが、そんなローズを見るアルフレッドの表情は、納得のいっているようには見えなかった。

「そうは見えないが……そういえば今日の昼は、バルベル公爵夫人の開く茶会に参加していたな。そこで何かあったのか？」

どうしてこんなにも鋭いのだろう。これ以上見つめられていたら全て見透かされそうな気がして、ローズはつい目を逸らしてしまった。

私の馬鹿！　これじゃあ、何かあったって言っているようなものじゃないっ！

「何か嫌なことでもされたのか？」

「ち、違うの」

「……お前は優しいからな。嫌がらせをした人間を庇っているのだろう？　お前が言わないのなら、調べ……」

「待って！　本当に違うの！」

　これ以上黙っていたら、お茶会に参加していた人達全員に迷惑がかかってしまう。

「あのね。バルベル公爵邸でお茶を楽しんだ後、皆様とお庭を散歩したの。とても広くて、迷路みたいに入り組んでいて、どこを見ても立派な薔薇が咲いていていて、夢中になって歩いていたの」

「そうか。バルベル公爵邸は、少し変わった立派な庭があることで有名だったな」

「ええ、きっと一人で歩いていたら、迷って二度と出られないいんじゃないかしら。それでね、皆さんと歩いていたら、どこかから男の人のうめき声が聞こえて、誰か具合が悪くなった方がいるのかしらと思って、声の先に急いだの。そうしたら……」

「そうしたら？」

「その、結果的に言うと、具合が悪い方がいたわけではなかったわ。声を出していたのは、新しく入った庭師で、その……そこにはもう一人いたの。女性使用人よ。それで声を出していた原因はね。その……」

　ローズは真っ赤な顔で、口を開いては閉じ、また口を開いては閉じを繰り返し、小さな声を絞り出す。

「庭師の大事なところをね……女性使用人がお口で……その、気持ちよくしていたの」

「とんでもないところを目撃したな」

「ええ……それでね、私、男性をそうやって気持ちよくするってことを知らなくて……その、お庭を散歩した後、もう一度お茶を飲むことにしたのね。そこで皆様から色々聞いて……」

「色々とは？」

「妻から夫を気持ちよくする方法……とか、色々……でも、中には女性からされるのをはしたないと思う男性もいるって聞いて、アルフレッド様はどうなのかしら……って考えていたの。その、えーっと、どう思う？」

「はしたないとは思わない」

　逸らしていた視線を、恐る恐るアルフレッドに戻す。嘘をついているようには見えない。

「そうなのね」

　ホッと安堵していたら、アルフレッドの手がナイトドレスの上から太腿をしっとり撫でてくる。

「あっ……」

「という質問をするということは、気持ちよくしたいと思ってくれたのか？」

「……っ！　そ、それは……」

「それは？」

恥ずかしさのあまり嘘をついても、アルフレッドにはわかってしまう。ローズは誤魔化すことを諦め、コクリと頷く。

「あの、上手にできるかわからないし、アルフレッド様が嫌でなければ……なのだけど、いつも私が一方的に気持ちよくしてもらってるばかりだから、私もアルフレッド様を気持ちよくしたいなって……」

あまりに恥ずかしくて、声が震えてしまう。

「嫌じゃない。嬉しい」

「ほっ……本当っ⁉」

嬉しくて身を乗り出したら、アルフレッドに深く唇を奪われた。

「んっ……んぅっ……んっ……んんっ……ふ……」

舌をヌルヌル絡められ、薄いナイトドレスの上から胸を揉まれると、身体の奥が熱くなる。先端が尖り始めるのを感じ、ローズは胸を可愛がるアルフレッドの手をそっと止めた。

これ以上されたら、身を任せたくなってしまう。

「んんっ……アルフレッド様、だめ……今日は私が気持ちよくしたいの」

「ああ、そうだったな。では、頼む」

アルフレッドは下履きを寛《くつろ》がせ、自身を取り出した。ソファから下りたローズはアルフレッドの足の間に座り、彼の欲望を両手で握る。キスしたり、撫でたりしているうちに、欲望はあっという間に大きくなった。

何度見ても思うが、大きくなる前と後での形の変化は、手品を見ているようだ。

「じゃ、あ、始める……わね」

「ああ」

心臓がドキドキ……とんでもない勢いで脈打つ。

「は……むっ……んぅっ……んっ……んんっ……」

ローズは今日のお茶会で集まった女性たちから聞いたやり方を思い出し、アルフレッドの欲望を可愛がった。

子種の詰まった膨らみを手の平で擦りながら、欲望の裏側を舐め、先端を咥えて吸いながらチュパチュパ舐めた。根元まで咥えるといいと教えられたが、この大きさはとても無理だ。

難しいわ……。

ちゃんと気持ちよくできているか不安だったが、続けているとアルフレッドが小さく声を漏らし、息を乱し始めた。

「アルフレッド様、気持ちいい？」

きっと感じてくれているのだろうと思ったが、言葉にしてもらわないと不安で、ローズは欲望から口を離して尋ねる。

「ああ、とても気持ちがいい……」

「本当っ⁉」

嬉しくなったローズは、張り切ってアルフレッドの欲望を可愛がった。夢中になりすぎて、時々奥まで咥《くわ》えすぎてむせてしまう失敗もあったが、少しずつ要領がわかってくる。

「んっ……ふ……んぅ……っ……んんっ……ふ……んぅっ……」

どうしてかしら……。

触れているのは自分なのに、たっぷりと愛撫してもらった時のように身体が熱い。先ほど少し尖りはじめていた胸の先端は完全に起《た》ち上《あ》がり、花びらの間は蜜で溢れ返っていた。

あまりにも秘部が疼くので、お尻をもじもじ動かしてしまう。意識がそちらに逸れた瞬間、アルフレッドの手がナイトドレスの胸元から潜り込んできて、直に尖りに触れられた。

「ひぁんっ！　あっ……アルフレッド様……だめ……っ……ぁン！」

胸の先端を指先で捏ねくり回されたローズは、欲望を可愛がることができなくなってしまう。

「さっきより乳首が硬くなっているな？　俺のを舐めて、興奮してしまったか？」

「……っ……そ、それは……ぁっ……！」

腰を上げたアルフレッドはローズを横抱きにしてベッドまで歩き、そのまま組み敷いた。ショーツをずり下され、足を大きく拡げられると、甘い蜜で濡れそぼった花びらの間をじっくりと眺められる。

「だ、だめ……見ないで……」

「こんなに濡れていたのか」

「言わないで……」

ローズは慌てて手を伸ばし、秘部を隠そうとするが、アルフレッドが舐める方が早かった。興奮してぷくりと膨れた敏感な粒を舌で大胆に転がされ、ヒクヒク疼く膣口には長い指を押し込まれる。同時に可愛がられたら、頭の中が真っ白になる。

「あっ……だめ……ぁんっ！　今日は……私が気持ちよく……するって、約束で……」

「もう十分、気持ちよくしてもらった。俺のをしゃぶって興奮するお前を見ていたら、もう我慢できない。俺にもお前の可愛い身体を触らせてくれ」

今夜もいつも通り、アルフレッドから溢れんばかりの快感を与えられたローズは、その後も何度も彼を気持ちよくしようと挑戦するのだが、結局は彼に押し倒され、倍以上気持ちよくさせられてしまった。

◆◇◆

アルフレッドと結婚したローズは、婚約する以前のように差し入れを作り、騎士団の訓練場を訪れた。

以前はエルザと婚約するから、自分に好意を持っているローズが来るのは良くないだろうと咎められてしまったが、今は妻になったのだし、もう行っていいだろう。

「次！」

ちょうど剣の演習が行われていて、アルフレッドが実際に剣を取り、騎士たちの相手をしていた。アルフレッドに打ち付けられた剣の重みに耐えきれなくて、騎士は剣を落とす。

「剣を落とすとは何事だ！　そんなことでは戦場に出て数秒で死ぬぞ！　訓練の他に自主訓練の時間を増やせ！」

「は、はい！」

ローズはアルフレッドが怪我をしないか心配になるけれど、そんな心配は徒労に終わる。誰も彼に敵《かな》う者はいない。

アルフレッド様、素敵……何時間でも見ていたいわ。

邪魔にならないよう柱の後ろに隠れ、アルフレッドの凛々《りり》しい姿をじっくりと眺めた。

時間を忘れるほどアルフレッドに集中していたローズは、彼の「十分休憩！」という声で、ハッと我に返る。

剣を鞘《さや》に納めたアルフレッドが振り返って、ローズの隠れている柱に近付いてきた。また、騎士たちの視線でわかったのだろうか。

「ローズ、いるのか？」

柱の後ろに隠れるのを止めて、ローズはアルフレッドの元へ駆け寄った。

「アルフレッド様っ！　あのね、差し入れを……」

するとアルフレッドはローズの手を取り、また柱の後ろへ隠れる。

「ありがとう。でも、ここへ来ては駄目だと言っただろう？」

「どうして駄目なの？　私は妻になったのに……」

「どういうことだ？」

「エルザさんと婚約したら、ただの友人の妹がこうして訪ねてくるのはおかしいでしょう？　だからもうここに来ては駄目だって言ったんじゃないの？」

「いや、違う」

「じゃあ、やっぱり迷惑だった？」

ローズが瞳を潤ませたのを見て、アルフレッドはすぐさま首を左右に振る。

「迷惑なわけがない。ここは男が多いだろう？」

「そうね。騎士団の訓練場だもの」

「こんな年上の男が何を言っているんだと思われるかもしれないが、ローズ、俺は独占欲が強い。可愛いお前をできるだけ他の男に見せたくない。だから来ないでほしいと言ったんだ」

「そ、そうだったの？」

迷惑がられているかと思っていたのに、全く想像していない……しかも、ローズにとって嬉しい理由だった。

「ああ、見せたくない。だから今も、柱の後ろに隠れた。……呆れたか？」

「いいえ、とっても嬉しい。……今すぐ抱き付きたくなっちゃった。ね、柱に隠れているから、皆様には見えないわ。後で二人きりになるまで我慢できないの。抱き付いてもいい？」

「すごく嬉しいが、駄目だ。甲冑を着ているから、お前の柔らかい肌に傷がつく。それに訓練の後だから、汗臭い。あまり近付かない方がいい」

「そんなことないわ。アルフレッド様のいい香りがする。じゃあ……その、これは？」

ローズは頬を染めて、自身の唇を指で突く。

抱き付いていいかを聞くのは大丈夫だったけれど、キスをしてほしいというおねだりを言葉に出すのは、恥ずかしくなってしまったのだ。

「もう、ここにはこないと約束できるのならな」

「えっ……そんなの、嫌……んんっ……！」

アルフレッドはローズの唇を強引に奪い、角度を変えながらちゅ、ちゅ、と吸った。

「キスしたのだから、約束だ」

「ずるい……」

瞳を潤ませて抗議するローズを見て、アルフレッドは口元を綻ばせる。

先ほどの厳しい表情とはまるで違う。柱に隠れて騎士たちには見えていないが、彼らが見たら驚愕《きょうがく》すること間違いなしだ。

「約束を破ったら、仕置きをするからな」

「た、叩くの？」

「お前を叩くなど絶対ありえない。そうだな。……お前の恥ずかしいことをしようか」

「恥ずかしいことって？」

目を丸くするローズに、アルフレッドは低い声で耳打ちする。

「明るいところでお前を裸にして、隅々まで観察しながら抱いたり、ああ、鏡の前で抱くのも恥ずかしがりそうだな」

「……っ」

想像してしまったローズは、顔どころか、耳まで真っ赤にした。

「約束、守れるな？」

不本意だけれど、恥ずかしいのは嫌だ。ローズは顔を真っ赤にして、渋々頷くしかない。

しかし、アルフレッドの逞しい姿に加え、彼が独占欲を露わにするところが見たいローズは約束を破り、たびたび訓練場を訪れては、夜に彼からの恥ずかしいお仕置きを受けることになるのだった。

あとがき

こんにちは、七福さゆりです。『カタブツ騎士団長と恋する令嬢』をお手に取って頂き、ありがとうございました！　SHABON先生の描いて下さった素晴らしいイラストと共に、本文もお楽しみ頂けましたら幸いです！

ちなみに私のお気に入りキャラは、アリーヌです。彼女は実を言うと感受性が強いだけの子供ではなくて、ちょっとだけ人の心が読めるという設定です。今は少しわかるだけ。でも、大人になっていくうちに、その力が強くなり、完全に読めるようになります。それ故に人間嫌いになってしまうのですが、ある日、素敵な男性に出会って、幸せに……みたいな未来があるので、いつか彼女のお話も書いてみたいです！

あっという間にスペースが埋まってしまった……！　それではまたいつか、どこかでお会いできたら嬉しいです。ありがとうございました！　七福さゆりでした。

七福さゆり

Mitsuneko Label

蜜猫文庫をお買い上げいただきありがとうございます。
この作品を読んでのご意見・ご感想をお聞かせください。
あて先は下記の通りです。

〒102-0072　東京都千代田区飯田橋 2-7-3
(株)竹書房　蜜猫文庫編集部
七福さゆり先生 /SHABON 先生

カタブツ騎士団長と恋する令嬢

2018 年 12 月 29 日　初版第 1 刷発行
著　者　七福さゆり　
発行者　後藤明信
発行所　株式会社竹書房
〒102-0072 東京都千代田区飯田橋 2-7-3
電話　03(3264)1576(代表)
03(3234)6245(編集部)
デザイン　antenna
印刷所　中央精版印刷株式会社

Printed in JAPAN
ISBN978-4-8019-1702-6　C0193
この作品はフィクションです。実在の人物・団体・事件などには関係ありません。